Jakob Wanken, geboren 1981 in der Schweiz, lebt und arbeitet in einer kleinen Zentralschweizer Stadt, zwischen Sonn- und Schattenberg. Die Tatsache, dass er es nie zustande brachte, in die benachbarte Stadt mit Seeanstoss umzuziehen, führt hin und wieder zu kleinen Wutausbrüchen. Zum Glück weiss seine Freundin ihn zu besänftigen.

Jakob Wanken

Die sinnlose Hoffnung einer Tomate

Roman

ISBN: 9783754345412

© 2021 Jakob Wanken
Lektorat: Monika Popp
Umschlaggestaltung: Marimi
Herstellung und Verlag: BoD - Books on Demand, Norderstedt

jakob.wanken@gmail.com

1

Marvin wusste nicht mehr genau, wann und weshalb er sich abhandengekommen war, aber er ging flöten. Möglicherweise war es an jenem Tag gewesen, als eine laute, abwesend wirkende Klimaschützerin mit der Absicht in See gestochen war, auf der anderen Seite des grossen Teiches den Strippenziehern noch vehementer klarzumachen, dass sie scheisse waren. Eigentlich eine einfache Sache, dieser Klimaschutz. Wird nur oft genug öffentlich wiederholt, dass Menschen am Drücker Drückeberger sind, wird damit scheinbar das Klima geschützt. Gehen dann noch ein paar schwänzende Schulkinder mit einem Transparent auf die Strasse, die dank Social Media zu teuren Freunden wurden, sinken gar die jährlichen Durchschnittstemperaturen. Marvin glaubte, da flöten gegangen zu sein – aber nicht nur da.

Eigentlich war er zu einem der grossen Detailhändler geschlendert, um einzukaufen; er hatte sich sogar zuvor die Mühe gemacht einen Einkaufszettel zu schreiben. Nun stand er vor den Tomaten in der Gemüseabteilung und strapazierte seine Entscheidungsfreudigkeit: Inland oder Ausland, bio oder giftig? Eine ältere Dame touchierte beim Vorbeigehen mit dem rechten Vorderrad ihres Rollators sein rechtes Fussgelenk, um ohne Umwege und Zeitverlust das Regal mit den Zitronen zu erreichen. Sein Knöchel schmerzte ehrlich und er versuchte der potentiellen Urgrossmutter böse Blicke zuzuwerfen; es interessierte sie nicht. Inwiefern ihre abgenutzten Sinne da hineinspielten, war ihm unklar und ihr egal. Die zielstrebige Dame nahm eine einzelne Zitrone aus dem Kistchen, drückte sie leicht in ihrer Hand, legte sie zurück und griff nach der nächsten. Diese Unverschämtheit wiederholte sie einige Male, bis sie sich für jene Zitrone entschied, die sie zuerst aus dem Kistchen genommen hatte. Sie riss mehrere Raschelsäckchen von der nächstgelegenen Rolle, sodass ihre Zitrone letztlich mit mehrlagigem Plastik vor der Umgebung geschützt war. Erst als sie die Plastikzitrone in das Körbchen des Rollators legte, fielen Marvin ihre von Arthrose gebeutelten Fingergelenke auf. Daraufhin verzieh er ihr die Rollator-Attacke auf seinen bereits wieder schmerzfreien Knöchel und auch ihr Zitronendrücken sah er nun eher als physiotherapeutische Gymnastikübung. Der mehrfarbige Batikpullover der älteren Dame hinderte ihn erneut daran, im Zusammenhang mit dem bevorstehenden Tomatenkauf vorwärts zu machen. Er betrachtete die abstrakten, teils unwillentlich entstandenen Muster auf ihrem Pullover und hörte sich murmeln: Die haben es auch zu nichts gebracht! – Der älteren Dame entging, dass aufgrund ihres Batikpullovers in ihm die Resignation hochstieg und sein Herz packte; es wäre ihr wohl auch gänzlich gleichgültig gewesen. Immerhin, dachte er, Auroville existiert noch immer, selbst wenn die einstige Hippie-Stadt vor allem dank freier

Marktwirtschaft und zünftigem Tourismus weiterlebt. Aber sonst? All die hochtrabenden, betäubungsmittelbasierenden Ideen? Neue egalitäre Gesellschaftsstrukturen? Hat irgendetwas davon die Zeit überdauert? Und spätestens bei der Frage nach den Unterhaltszahlungen war auch die freie Liebe dann gar nicht mehr so frei. Den Klimaschützern wird es bestimmt ähnlich ergehen, befürchtete er. Irgendwann wird man beim Wandern in den hintersten Tälern abgelegener Regionen alternden Klimaschützern begegnen, in Batikpullovern vielleicht, aber sicher mit gezogenen Zähnen. Und während sich die Klimaschützer bergauf zu ihren handgemolkenen Ziegen bewegen werden, wird es mit dem Klima weiterhin bergab gehen. Bei diesem Gedankengang fühlte sich Marvin, trotz der wunderbar drapierten Tomaten vor ihm, durchaus verloren.

Ein im Einkaufswagen sitzendes Kleinkind, der Wagen stand inzwischen neben ihm, verlangte seine ganze Aufmerksamkeit. Während die Mutter des Kindes einen Plastiksack voll 'Ausland & giftig' zur Gemüsewaage trug, nahm es mit der rechten Hand den Schnuller aus dem Mund, zeigte mit der linken auf Marvin und schrie lauthals: Baba! Leicht beunruhigt versuchte er die Sache klarzustellen: Das ist nicht möglich, also theoretisch möglich schon, aber, nein, ich glaube nicht; ich kenne deine Mutter ja gar nicht. Und ausserdem habe ich lockiges, dunkles Haar und braune Augen und du hast blonde, pfeifengerade Haare und bist blauäugig. Ich bin eher 'Peterli', du vielmehr 'Schnittlauch'. Der kleine Junge schien unbeeindruckt, zeigte erneut auf ihn und schrie in kindlicher Manier nach der väterlichen Bezugsperson. Marvin war am Ende mit seinem Latein und erleichtert, als die Mutter mit dem gewogenen und etikettierten Sack Tomaten zurückkam. Sie entschuldigte sich bei ihm in gebrochenem Englisch für das Verhalten ihres Buben, denn offenbar war das nicht zum ersten Mal passiert. Vielleicht müsste sich die Mutter einmal die unbequeme Frage stellen, weshalb ihr Kind wildfremden Männern den Schweiss auf die Stirn treibt. Sie legte den Sack Tomaten in den Einkaufswagen und fuhr mit Sack und Kind in Richtung Milchprodukte davon. Schliesslich entschied er sich für ein halbes Dutzend 'Inland & bio'. Solange wir es uns noch leisten können.

Der Einkaufszettel verriet ihm, wie es weiterzugehen hätte: Biomilch, glatter Peterli, Recycling-Toilettenpapier und einen sauteuren Haftnotizblock. Den glatten Peterli zuerst; stand Marvin doch immer noch in der Gemüseabteilung. Das Kühlregal mit den frischen Kräutern war schnell gefunden. Sämtliche Kräuter waren als kleine Bünde zusammengeschnürt, in Plastikfolie eingeschweisst und etikettiert. Marvin nahm einen Bund eingeschweissten glatten Peterli und studierte die Etikette. Herkunft: Ägypten. Er überlegte kurz, ob er mit dem Kauf dieser Kräuter Ägypten finanziell unterstützen würde. Aber war Ägypten überhaupt auf seinen Beitrag angewiesen? Wäre der glatte Peterli aus Argentinien oder Brasilien, würde er ihn sofort in sein Einkaufskörbchen legen, ökologischer Unsinn und graue Energie hin oder her! Die Medien berichteten davon: In Argentinien bahnt sich wieder eine Wirtschaftskrise an und Brasilien müht sich mit einem rechtsextremen Präsidenten ab. Mit dem argentinischen Peterli würde er demnach der Wirtschaftskrise Paroli bieten. Mit dem Kauf des brasilianischen Peterlis gäbe er der Bevölkerung die Möglichkeit, sich von ihrem Präsidenten loszusagen. Aber Peterli aus Ägypten? Über Ägypten stand in letzter Zeit nichts in der Zeitung; denen scheint es gut zu gehen. Marvin legte den glatten Peterli zurück, griff nach dem krausen und studierte erneut die Etikette. Herkunft: Israel. Nach einem langen, tiefen Atemzug legte er den Bund in sein Körbchen und dachte: Passt sowieso besser zu meiner Frisur. Ich muss auf meiner Gartenterrasse endlich wieder selber Peterli aussäen! sagte er halblaut, schüttelte leicht genervt seinen lockigen Kopf und glich dabei dem krausen Peterli. Beim letzten Aussaatversuch in einer Blumenkiste frassen ihn die Weinbergschnecken weg. Entgegen der gängigen Meinung, Weinbergschnecken frässen nur abgestorbene Pflanzenteile, hatte Marvin mehrfach beobachten können, wie seine jungen Peterli-Keimlinge an den Raspelzungen von Weinbergschnecken allesamt ein viel zu frühes Ende gefunden hatten. Die Schnecken hatten sich – in ihrem Zeitempfinden – wie lauernde Füchse vor Mauslöchern verhalten: Erreichte ein Keimling die Erdoberfläche, wurde er unverzüglich weggeraspelt. Marvin hatte die Weinberg-schnecken stets höflich in die anliegende Wiese getragen, aber es nützte alles nichts – es waren einfach zu viele. Gegen Weinbergschnecken in Kräuterbutter mit leichtem Peterliaroma wäre gar nichts einzuwenden gewesen, wäre da nicht der Naturschutz, der Weinberg-schnecken vor Menschen schützt, aber Peterli nicht vor Weinbergschnecken.

Aus den Lautsprechern des Lebensmittelladens verkündete eine liebliche Frauenstimme, dass ein besonders fettarmer Quark derzeit günstiger zu haben sei: Der Quark habe fünfzig Prozent weniger Fett, dafür gäbe es zwei für einen. Marvin lief zum Kühlregal mit den Milchkartons. Aus den Lautsprechern war nun der Song 'Father and Son' von Cat Stevens zu hören. Marvin fragte sich noch, auf welche Weise dieser Song die Kauflust der Kunden positiv beeinflussen sollte, als er schräg gegenüber beim Kühlregal mit Quark und Joghurt erneut den schnittlauchhaarigen Buben und seine Mutter erblickte. Offenbar war dessen Schnuller unverhofft zu Boden gefallen und die Mutter dachte nicht im Traum daran, ihrem Schatz den kontaminierten Schnuller wieder in den Mund zu stecken. Sie begutachtete das Quark-Sonderangebot, während ihr Kleiner arg angesäuert mit hochrotem Kopf seine Stimmbänder testete. Aus dem Lautsprecher war nun die Passage 'look at me, I am old, but I'm happy' zu vernehmen. In diesem Moment entdeckte der Bub Marvin, streckte seine kleinen

Arme in Marvins Richtung und... Marvin duckte sich blitzschnell hinter das Regal mit den Eiern. Aus den Augen aus dem Sinn, es funktionierte; der Junge war noch jung genug. Eine Zumutung! dachte Marvin und beschloss seinen Einkauf ein andermal fortzusetzen. In gebückter Haltung schlich er zur Kasse.

Er wählte den Self-Checkout, scannte Tomaten und Peterli, packte diese vorsichtig in seinen Rucksack und bezahlte mit der Bankkarte, als auf dem Checkout-Bildschirm der Schriftzug zur verpflichtenden Stichprobenkontrolle erschien. Daraufhin stellte sich ihm eine Detailhandelsangestellte vor, die höflich erklärte, dass sie nun zufällig drei gekaufte Produkte aus seinem Rucksack nähme, um zu kontrollieren, ob die entsprechenden Güter auch regelkonform von ihm gescannt worden seien. Er erklärte ebenso höflich, dass er heute aufgrund ungünstiger Bedingungen lediglich zwei Produkte schaffte. Das sei kein Problem, meinte sie, und hinter ihrem etwas zu gut gemeinten Lächeln blitzte kurz die Bitte auf, er möge die ungünstigen Bedingungen heute nicht weiter ausführen, heute bitte nicht. Marvin war diese erahnte Bitte noch so recht, und er streckte ihr den Rucksack hin. Während die Frau mit dem fassadenhaften Lächeln seine Tomaten und seinen Peterli kontrollierte, erklärte sie ihm: Diese Stichproben sind halt nötig, auch wenn per se niemand verdächtigt wird. Aber es gibt eben wirklich nichts, was es nicht gibt. Gerade eben wollte eine ältere Dame mit Rollator ohne zu bezahlen aus dem Laden rollen. Ist das zu fassen! Das konnte ich ihr natürlich nicht durchgehen lassen, die Zitrone musste sie bezahlen! Und angezeigt wird sie auch, natürlich, wegen Ladendiebstahls. Marvin merkte, wie die Schweissdrüsen seiner Handinnenflächen ihre Arbeit aufnahmen. Hoffentlich hatte er nicht in einem Anflug akuter Zerstreutheit noch irgendetwas in seinen Rucksack gestopft. In Anbetracht der kriminalisierten Rollatorfahrerin wäre ein Erklärungsversuch bei der Fassadenlächlerin wohl auf taube Ohren gestossen. Er rieb die Hände an seinen Hosen trocken. Sie gab ihm den Rucksack zurück, beteuerte, es sei alles in bester Ordnung und verabschiedete sich übertrieben freundlich.

Beim Verlassen des Lebensmittelladens sah er noch einmal die ältere Dame im Batikpullover. Sie sass auf ihrem Rollator und studierte die Wand mit den Kleinanzeigen. Im Grunde wollte er möglichst Distanz zwischen sich und den Lebensmittelladen bringen, dennoch stellte er sich neben die Zitronendiebin und begann die Angebote und Nachfragen zu lesen. Seniorenyoga: Gesund, solange es geht. Suche Zügelkisten, möglichst gratis. Schneeschuhe, Marke MRS, fast wie neu, günstig abzugeben. Yoga für Schwangere: Tun sie sich und ihrem Kind etwas Gutes. Pilates: Ganzkörpertraining in ihrer Nähe. All diese körperkultfördernden Dauerangebote im Gesundheitsmäntelchen, dachte Marvin. Heute dürfen Frauen nicht einmal mehr einfach nur schwanger sein. Bei der Geburt schaffen es die Kinder kaum mehr an all den gestählten Muskeln der Mütter vorbei ins Freie, und falls doch, dann gehen sie direkt in den Sonnengruss über. Marvin hatte genug gelesen, wandte sich ab und wollte gehen, als ihn die ältere Dame ansprach: Bist du Jurist? Marvin drehte sich zu ihr um und wusste nicht, ob er empört sein oder sich geschmeichelt fühlen sollte. Sie duzte ihn ohne Umwege, das passierte ihm in seinem Alter eigentlich nicht mehr. Auch hier, nur keine Zeit verlieren, dachte er und antwortete: Nein, arbeitslos. Aha, dann hast du ja Zeit mir kurz zu helfen. Ich möchte gerne eine Kleinanzeige schreiben; meine Finger lassen aber das Schreiben nicht mehr so recht zu. Würdest du für mich das Schreiben übernehmen? Solange ich nicht mit Zitronensaft schreiben soll. Marvin nahm eine leere Anzeigekarte von der Wand und suchte nach einem Kugelschreiber in seinem Rucksack. Was soll denn draufstehen? Schreib: Suche Anwalt wegen Zitronenklau, lukratives Honorar bei erfolgreichem Prozessausgang. Wollen sie das mit der Zitrone nicht lieber aussparen? fragte Marvin. Sie bestand darauf und sagte mit leicht vibrierender Stimme: Das muss sein, ist wichtig, sonst ist es für die Empfängerin unverständlich. Für die Empfängerin? dachte Marvin und schrieb, was sie ihm diktierte. Er fragte nach ihrer Telefonnummer. Die müsse man angeben, sonst könne sich niemand auf die Anzeige hin melden, versuchte er zu erklären. Das ist unwichtig, erfinde was! meinte die Dame. Sie stand auf, stützte sich auf ihren Rollator und watschelte davon.

Marvin zog es vor, sich nicht zum Urheber gefakter Drohgebärden machen zu lassen, hatte aber Verständnis für die Absichten der älteren Dame. Also platzierte er die eben geschriebene Karte gut sichtbar in der Mitte der Wand für Kleinanzeigen, ohne Telefonnummer, und machte sich auf den Heimweg.

2

Es war nicht weit. Marvin ging wie immer zu Fuss. Einen motorisierten Untersatz konnte er sich momentan nicht leisten und sein Velo stammte noch aus der Kindheit. Für ihn war dieser Umstand nicht weiter tragisch, lediglich die Kaugummiaufkleber mit Michael-Knight-Motiven auf dem ganzen Rahmen konnte er weder sich noch seiner Umgebung zumuten. Also stand K.I.T.T. – so nannte er sein Velo früher – seit Jahren mit platten Reifen im Veloraum des Wohnblockes, wo Marvin seit dem Abbruch seines Studiums vor zwölf Jahren wohnte. Das beige Haus aus den späten Fünfzigerjahren lag auf der sonnenabgewandten Seite etwas zurückversetzt, weg von der Hauptstrasse, inmitten weiterer Bauten aus derselben Zeit und offenkundig auch vom selben Architekten.

Marvins Eineinhalbzimmerwohnung mit Gartenterrasse lag im Parterre des dreistöckigen Gebäudes. Er nannte sie liebevoll 'seine Höhle mit Auslauf'. In einem fünfzehn Quadratmeter grossen Raum lebte, kochte, ass und schlief er. Einzig die Toilette mit Dusche war separat. Seit er eingezogen war, plagten ihn im Badezimmer Schimmel und gelegentlich auch Silberfischchen. Der Standpunkt des Hausmeisters war klar und deutlich: Das ist halt so bei gefangenen Badezimmern im Parterre. Ihn zu bitten, endlich etwas gegen diesen Missstand zu unternehmen, hatte Marvin längst aufgegeben und fand, dass nicht das Badezimmer, sondern vielmehr Herr Böckli, so hiess der Hausmeister, gefangen war – gefangen in seiner Meinung über Badezimmer im Parterre. Eine Zeit lang hatte Marvin versucht, die Silberfischchen mit natürlichen Gegenspielern loszuwerden. Als sich die Ohrwürmer aber in der ganzen Wohnung ausgebreitet hatten und ihnen die Silberfischchen im Badezimmer den Mittelfinger – beziehungsweise im Fall dieser Insekten wohl eher den mittleren Schwanzanhang – zu zeigen schienen, war es Marvin zu bunt geworden. Nach einer gründlichen Wohnungsreinigung waren die Ohrwürmer weg gewesen, nicht aber die Silberfischchen. Mit den silbrigen Zeitgenossen musste er sich wohl oder übel arrangieren. Irgendwo stand geschrieben, dass diese Tierchen zur Gruppe der bekanntesten Urinsekten gehörten und zudem völlig harmlos seien. Wahrscheinlich existierten sie seit mehr als dreihundert Millionen Jahren. Diese Faktenlage war für Marvin damals derart erdrückend gewesen, dass er im Kampf gegen die Silberfischchen seine Waffen streckte und akzeptierte, dass sie vor ihm da waren. Dem Schimmel aber versuchte Marvin nach wie vor mit Stosslüften Paroli zu bieten.

Zu Hause angekommen, öffnete er die Wohnungstür und rief, wie immer: Hallo Schatz, ich bin wieder da! Weshalb er diese Marotte hatte, wusste er nicht, denn die freundliche Begrüssung wurde nie erwidert. Vielleicht war sie eine Art Kampfansage an die Adresse des

Schimmels. Er trat ein, zog seine Schuhe aus, legte Tomaten und Peterli auf die Küchenablage und riss das einzige Fenster der Wohnung auf – Stosslüften. Das Fenster war riesig und erstreckte sich, abgesehen von der Terrassentür, entlang der gesamten Wohnzimmerbreite. Wenn Marvin auf dem Bettsofa sitzend aus dem Fenster sah, konnte er die komplette Fläche seiner Terrasse überblicken. Das waren sicher noch einmal mindestens zehn Quadratmeter, ein Teil war mit Steinplatten ausgelegt, auf dem Rest wuchs ein moosiger magerer Rasen. Das serbelnde Grün wuchs lediglich so mager, weil rund um Marvins Terrasse eine dichte hohe Kirschlorbeerhecke wuchs, die leider nicht nur dem Rasen, sondern auch seiner Wohnung das Tageslicht nahm.

Anfangs dachte er, dass der Rasen nur wegen den Hunden so spärlich wuchs. Als er frisch in die Wohnung eingezogen war, hatte ihn Herr Böckli gefragt, ob er mit der elektrischen Heckenschere eine Lücke in seine Hecke schneiden solle, damit er, Marvin, auch vom Gehweg her auf seine Terrasse gelangen könne. Herr Böckli hatte die Heckenschere neu gekauft und entsprechende Einsatzmöglichkeiten gesucht. Marvin hatte sich mehrfach beim Böckli für diese gute Idee bedankt. Was er nicht wusste, damals war direkt neben seiner Terrasse eine neue Hundetoilette gebaut worden, ebenfalls dicht eingepackt hinter Kirschlorbeer. Mit der Lücke in seiner Hecke kamen auch die scheissenden Hunde mit ihren Herrchen. Damals hatte Marvin seine Terrasse selten nützen können. Er hatte sich sogar bei einem Telefondoktor erkundigt, ob Hundekot unter Umständen Erreger enthalte, die auch dem Menschen gefährlich werden könnten. Das sei sehr selten, wurde ihm gesagt. In dieser Kötersache hatte Marvin nicht nur Nachteile gesehen: So lernte er sämtliche Hunde und ihre Herrchen aus der Nähe kennen. Wobei das Wort 'kennenlernen' die Art der Begegnung womöglich nicht ganz richtig umschreibt. Vielmehr hatte Marvin die Tiere und ihre Halter aus sicherer Entfernung, von seinem Schreib-Esstisch aus, beobachtet. Am meisten beeindruckt hatten ihn zweifelsohne der Irische Wolfshund von schräg gegenüber und die Deutsche Dogge, die, glaubte Marvin zu wissen, an der Hauptstrasse wohnte. Es waren riesige Hunde, die beinahe die gesamte Terrasse in Anspruch nahmen. Hatten beide Riesen gleichzeitig das Bedürfnis nach Erleichterung, kam es auf Marvins Terrasse sogar zu Dichtestress. Beim Irischen Wolfshund ging das Scheissen flott, für die Dogge war es stets ein fürchterlicher Kraftakt. Marvin hatte es jeweils kaum mitansehen können. Er hatte sich sogar dabei ertappt, wie er beim Beobachten der scheissenden Dogge begann mitzudrücken. Ihr hatte diese freundlich gemeinte Solidarität aus der Distanz natürlich nicht geholfen und er musste danach zwingend auf die Toilette. Die Hinterlassenschaften der beiden Hunde waren proportional zu ihren Körpergrössen. Ihre Herrchen waren beide Dämchen. Sollte die gängige Meinung tatsächlich stimmen, dass sich

Hundehalter, in diesem Fall Hundehalterinnen, und Hunde ähneln, waren bei diesen beiden Damen verstopfte Toiletten vermutlich an der Tagesordnung. Irgendwann waren dann die Hundetoiletten in seiner Stadt wieder verschwunden. Sie rentierten nicht, hiess es, weil die Hundehalter mit ihren Lieblingen lieber ein jungfräuliches Plätzchen aufsuchten, anstatt in die mit der Zeit übel stinkenden Hundeklos zu gehen. Für Marvin ein Rätsel: Angesichts der Schnüffel- und Markierfreudigkeit von Hunden, musste ein Hundeklo doch einer Bibliothek mit abertausenden von Büchern beziehungsweise Düften gleichkommen. Oder waren es eher die Hundebesitzer, die die Geruchsemissionen wenig schätzten? Für die Stadtverwaltung war allerdings klar: Diese Unterhalskosten konnten eingespart werden. Aber auch nach dieser Sache wuchs der Rasen seiner Terrasse nur spärlich. Was blieb war die Lücke in seiner Kirschlorbeerhecke und ein gelegentlicher Irrgast auf vier Pfoten mit der Absicht abzuladen.

Marvin setzte sich an seinen Schreib-Esstisch auf dem sein Tablet lag, nahm es in die Hand, tippte die Nachrichten-App an und startete die Ausgabe der letzten Tagesschau. Der Hauptbeitrag handelte von einer amerikanischen Drohne, die von den Iranern unsanft vom Himmel geholt wurde. Die iranische Seite behauptete, die Drohne sei in ihren Luftraum eingedrungen. Der US-amerikanische Präsident seinerseits bestritt dies und drohte mit Vergeltung. Die lassen ihre Köter auch lieber in fremde, herrlich duftende Gärten kacken, als dass sie ihre eigenen, fürchterlich stinkenden Hundetoiletten auf Vordermann bringen würden, dachte Marvin. Und dass der Präsident einer Weltmacht denselben Vornamen trug wie eine dümmliche Comic-Ente, machte für ihn die Sache irgendwie nicht vertrauenswürdiger. Am Ende sind die noch im Stande einen Krieg anzuzetteln, nur um ihre eigenen Hundeklos nicht reinigen zu müssen. Und das Ganze würde mit 'Wahrung des Gesichts' begründet, vermutete Marvin. Vollidioten!

Er schaltete das Tablet aus, stand auf, lief zum Kühlschrank, nahm eine Schüssel Taboulé-Salat von gestern raus und stellte sie auf die Küchenablage. Kurz nahm er sein Mobiltelefon aus dem Hosensack und las die Uhrzeit ab, 17:30 Uhr. Darf ein Arbeitsloser jetzt schon sein Nachtessen zubereiten? fragte er sich und beschloss: Ja, er darf. Schon gestern hatte er das Verhältnis von Couscous, Tomaten und Peterli nicht sehr ausgewogen gefunden. Zwar entnahm er die Mengenverhältnisse dem Rezept einer ehemaligen Politikerin, die sich vor einiger Zeit mit einem Küchenrezepte-Blogg einen Namen gemacht hatte. Marvin schaute in die Schüssel. Der Taboulé-Salat war mehrheitlich braun, ihm fehlte offensichtlich die rote und die grüne Farbnuance. Er überlegte, ob die Küchenrezept-Bloggerin damals ganz rechts aussen politisierte, konnte sich aber nicht daran erinnern. Naja, politische Erfahrungen machen sie nicht automatisch auch zur Expertin für arabische Küche, dachte er und war fest entschlossen, dem monotonen Salat Geschmacks- und Farbenvielfalt einzuhauchen. Auf einem Schneidbrettchen, das er von seiner Mutter zum Fünfunddreissigsten erhalten hatte, wurden die gewaschenen Tomaten und der für einmal krause Peterli kleingeschnitten und unter den alten Salat gemischt. Heute spar ich mir den Teller, dachte er trotzig, holte sich eine Gabel aus dem Küchenschränkchen und setzte sich draussen mit der Schüssel auf einen der zwei Gartenstühle. Geistesabwesend starrte er auf die Lorbeerhecke und schaufelte einige Gabeln des aufgemotzten und nun politisch korrekten Taboulé-Salats in sich hinein; bis seine Backen zu bersten drohten. Dann mampfte er in den spätsommerlichen Vorabend hinein und fühlte sich dabei wie ein widerkäuender Ziegenbock. Vor ihm setze sich eine Elster mit einem wunderbar, grün glänzenden Schwanz in den bedauernswerten Rasen. Vermutlich spekulierte sie darauf vom Taboulé-Salat etwas abzubekommen; der schlaue Vogel. Nach einem schackernden Laut stob die Elster davon. Kurz darauf hörte Marvin über sich ein Geräusch, das ihn an tanzende Wäsche erinnerte, die bei starkem Föhn zum Trocknen nach draussen gehängt wird. Er schaute nach oben: Die Andric, die Nachbarin vom ersten Stock, schüttelte ihren Bettvorleger über ihm aus. Als sie ihn sah, stoppte sie den Tanz ihres Teppichs sofort, aber es war bereits zu spät. Marvin schaute, immer noch mit vollem Mund, nach unten in die Schüssel; der Salat war garniert mit weissen Haaren einer Angorakatze. Marvin konnte den Taboulé-Salat nicht bei sich behalten. Die Andric entschuldigte sich so gut sie konnte: Ich muss halt irgendwann meine Wohnung putzen, Sorry! Kein Problem, Daniela, nichts passiert, bagatellisierte Marvin und dachte: Und der ganze scheiss Dreck landet dann bei mir! Und vor allem die Haare dieser eingebildeten Langhaarkatze! Daniela Andrics schneeweisse Angorakatze war ihr Ein und Alles. Freya, so hiess die Katze, wurde nach einer nordischen Göttin benannt – der Liebesgöttin. Nur schon beim Gedanken an die Katze wurde Marvin ganz flau im Magen. Die Katze war eine Hauskatze und durfte nicht raus. Sie wäre draussen vermutlich in eine Art Blutrausch geraten, hätte reihenweise Vögel und Eidechsen gekillt – nur gekillt natürlich – hätte sich danach das Lätzchen umgebunden und zur Belohnung ein Schälchen glutenfreies, mit Omega-3-Fettsäueren angereichertes Katzenfutter gefressen. Normalerweise hockte sie auf dem Fenstersims und schaute mit trüben Augen den Vögeln nach; niemand hatte Mitleid mit ihr. Aber Daniela Andric liebte sie. Vor einigen Jahren gab es in der Wohnung über Marvin auch noch einen Daniel. Der suchte allerdings das Weite, als die Andric von ihm verlangt hatte, ein T-Shirt mit dem Konterfei von Freya zu tragen. Ob das wirklich stimmte, wusste Marvin nicht, aber auf jeden Fall geisterte diese Geschichte ungefähr so im Treppenhaus umher. Eigenartigerweise trat sie immer dann wieder in Erscheinung, wenn Freya aus

Versehen aus der Wohnung entwischte und völlig aufgelöst durchs Treppenhaus jagte. Die alten, durch regelmässiges Reinigen, sehr glatten Terrazzo-Bodenplatten hatten zur Folge, dass sich Freya in ihrer Panik kaum auf den Pfoten halten konnte; sie rannte nicht durchs Treppenhaus, sie schliff wie ein gut gespielter Curlingstein. Ein Richtungswechsel war bei diesem Tempo nur schlecht möglich und folglich kollidierte sie ständig mit den Treppenhauswänden. Dieses Schauspiel hatte jeweils einen reinigenden Effekt – nicht auf die Katze. Ihr Volumen nahm proportional zur Aufenthaltsdauer im Treppenhaus zu; es verfingen sich mehr und mehr graue Staubmäuse in ihrem weissen Fell. Herr Böckli hatte nichts dagegen. Wenn die Andric sie dann irgendwann einfangen konnte, schlug die Katze ihre Krallen tief in die Arme ihres Frauchens. Danach waren Bandagen nötig, die, hätte Marvin es nicht besser gewusst, Anlass zu Spekulationen über den Gemütszustand der Andric hätten geben können. Die Tetanusimpfung der Andric war eine lohnende Investition. Nach den Fluchtversuchen der Katze, war jeweils auch Daniels Flucht wieder Thema im Treppenhaus. Oft sogar mit neuen, fragwürdigen Details: Daniel hätte Freya Knoblauch ins Futter gemischt. Sein Plan, dem Vierbeiner mit dem gleichen Stoff beizukommen wie einem Vampir, sei aber nach hinten losgegangen, da die Katze lediglich starke Flatulenzen bekommen hätte. Damit hätte Freya definitiv einen Keil zwischen Daniela und Daniel getrieben. So oder so, Marvin hatte Daniel schon lange nicht mehr gesehen und grösstes Verständnis für seinen Abgang. Es klingelte an der Tür, Marvin stellte den nun ungeniessbaren Taboulé-Salat in den schwächelnden Rasen, ging hinein und lugte durch den Türspion.

3

Er atmete beinahe endgültig aus, entschloss sich dann aber doch weiterzuleben. Durch den Türspion sah er lediglich den alten Zylinderhut von Maite. Sie wohnte im selben Block unter dem Dach, ebenfalls in einer Einein- halbzimmerwohnung. Und wann immer sie konnte, stand sie bei Marvin auf der Matte. Da sie nur einen Me- ter vierzig gross war, trug sie andauernd einen Zylinder, um etwas grösser zu wirken.

Marvin und sie kannten sich schon ewig. Vom Kin- dergarten bis zur dritten Sekundarklasse; sie durchliefen die gesamte obligatorische Schulzeit zusammen. Er als Regelschüler und sie mit stark angepassten Lernzielen in die Klasse integriert. Danach ging Marvin auf das Gym- nasium und Maite machte eine Ausbildung als Schrei- nerpraktikerin in einer geschützten Werkstatt. Ihr Intel- lekt war seit einem Unfall in der Kindheit ein bisschen stumpf. Sie hatte als Kindergartenkind offenbar den In- halt eines Salzstreuers in sich hineingekippt. Es kam zu einer Hirnblutung, die ein künstliches Koma verlangte. Als sie sie wieder weckten, war sie nicht mehr die Selbe. Wieso sie das Salz gegessen hatte, blieb ihr Geheimnis. Ihr Geist machte danach nicht mehr so richtig mit und sie wuchs nur noch ein bisschen. Ihre alleinerziehende Mutter war wegen Vernachlässigung der Aufsichts- pflicht verurteilt worden und hatte eine bedingte Strafe von mehreren Monaten zu verkraften. Die öffentliche Brandmarkung der Mutter verschlechtere die Situation für Maite zusätzlich, machte sie sie doch mindestens teilweise verantwortlich für ihre Misere. In solchen Momenten war es für Maite eher ein Glück gewesen, nicht alles lückenlos zu kapieren. Maite war nie ein Kind von Traurigkeit. Und sie brachte es sogar auf die Reihe, selbständig zu wohnen, was ihr niemand zugetraut hätte.

Marvin und Maite waren im Quartier ein berüchtigtes Gespann. Spätestens nach ihrer Plakatkampagne waren sie bekannt wie bunte Hunde: Als das Hundeklo noch stand, die Hunde aber ständig auf Marvin Terrasse koteten, machten die beiden Plakate, um auf dieses Übel aufmerksam zu machen. Er schrieb, sie malte. Die Slogans lauteten beispielsweise 'Ordnung ist das halbe Leben, scheiss ins Hundeklo und nicht daneben!', 'Der Hundeschiss kommt ganz gewiss, auch wenn der Fifi in der Toilette ist!' oder 'Der Köter auf die Terrasse hetzt, ist das Hundeklo schon besetzt?'. Und Maites Art Hundekot zu malen war dermassen bestechend, dass man die Haufen förmlich riechen konnte. Unter Slogan und Hundehaufen hatte Marvin die Plakate mit einer Karte ergänzt, die den genauen Standort der Hundetoilette zeigte. Die Toilette war mit einem rot eingefärbten Hundehäufchen gut markiert. Das kann man nicht übersehen! waren sich beide einig. Danach fluteten sie das Quartier mit ihren Plakaten, bis der Quartierpolizist sie stoppte und ihnen mit Anzeige drohte. Genützt hatte es wenig. Und die Hundehalter wollten möglichst schnell wieder vergessen, wie es im Hundeklo wirklich gerochen hatte.

Einmal hatte sich Marvin unter einen recht beachtlichen Bergahorn gelegt und das Blätterdach von unten betrachtet. Die Windstille ermutigte die Ruhe sich gross zu machen. Die Blätter des Ahorns hingen regungslos dicht an dicht. Da entdeckte Marvin ein einzelnes, leicht nach unten gebogenes Blatt, das wie wild tanzte. Alle anderen Blätter bewegten sich nicht, für dieses eine Blatt aber gab es kein Halten. Was es derart stark in Bewegung versetzte, war Marvin nicht klar. Es musste ein sehr schlanker, andauernder Windhauch gewesen sein, der es nur gerade auf dieses eine Blatt abgesehen hatte. Marvin spürte nichts. Das eine Blatt aber tanze und schlug dabei wieder und wieder gegen ein benachbartes Blatt, das daraufhin leicht, und immer nur ganz kurz, zu schaukeln begann.

Maite war für Marvin eine Art kleine, manchmal nervige Schwester, die in einer Sache nicht den geringsten Erfolg benötigte, um weiterzumachen. Und das, obwohl sie manchmal ziemlich frustriert und wütend sein konnte – Resignation kannte sie nicht. Woher sie diese unerschöpfliche Energie nahm, blieb im Verborgenen. Maite nannte Marvin 'ihren Schatz' und meinte das auch so. Diese ungleichen Perspektiven führten nicht selten zu Missverständnissen, beispielsweise als sie zur Hochzeit lud. Marvin hatte damals mehrere Telefonanrufe von aufgebrachten Verwandten entgegennehmen müssen: Das ginge doch nicht; das grenze an Missbrauch und überhaupt solle er sich eine richtige Frau suchen! Er hatte den Verwandten dann erklärt, dass er nichts von einer Hochzeit wisse und schon gar nicht von seiner eigenen. Maite schien ihr Leben ganz gut im Griff zu haben. Und die Dinge, die sie nicht im Griff hatte, waren ihr gänzlich egal. Diesen Umstand betrübte Marvin zunehmend. Ihr schien die Sonne aus dem Hintern und ihm, dem vor sich hin modernden Studienabbrecher, schienen sämtliche Felle davonzuschwimmen.

Im Moment hatte er fast keinen Platz für sie; sie schien das nicht zu stören und suchte den Kontakt wie eh und je. Bevor er seine Wohnungstüre öffnete, hörte er wieder das Schackern der Elster. Er schaute zurück und sah, wie sich zwei Elstern über den Taboulé-Salat hermachten – die eine Elster hatte ihren Partner geholt. Marvin, mach die Tür auf, ich muss dir etwas Wichtiges erzählen! brüllte Maite so leise sie konnte, aber laut genug. Ihre Aufforderung hallte durch das ganze Treppenhaus. Sie unterschätzte die Wirkung ihrer kräftigen Stimmbänder oft und lag entsprechend häufig mit der Lautstärke daneben. Das war aber keine Absicht, sondern Teil von ihr. Marvin öffnete augenrollend seine Wohnungstür. Hast du Bier? fragte sie beim Eintreten, forderte ihn mit einer Handbewegung auf, sich vornüber zu beugen und gab ihm einen Schmatzer auf die Wange. Stimmt, das ist wichtig, zwar eine Frage, aber eine wichtige, gab er zurück. Im Kühlschrank sollte es noch das eine oder andere Naturtrübe haben. Die kleine Frau mit Zylinder nahm sich ein Bier aus dem Kühlschrank und fragte: Was machen denn die Vögel auf deiner Terrasse? Sie entfernen unangenehme Erinnerungen, antwortete er. Nett! meinte sie und ging auf die Terrasse. Die Elstern flogen auf und davon. Marvin nahm sich ebenfalls ein Bier, versuchte sich mit dem Gedanken abzufinden, dass der Abend nun in Zweisamkeit verbracht würde und setzte sich ebenfalls nach draussen zu ihr. Die Vögel haben nicht alle Erinnerungen mitgenommen, erklärte sie und zeigte mit dem Flaschenhals zur Salatschüssel, die nun umgekippt im jämmerlichen Rasen lag und dessen Jämmerlichkeit unterstrich. Dann nahm sie einen kräftigen Schluck. Was musst du mir Wichtiges erzählen? versuchte Marvin das Gespräch, weg vom Taboulé-Salat, in eine andere Richtung zu lenken und nahm ebenfalls einen Schluck. Gehst du auch fremd? frage sie. Die überrumpelnde Frage hatte zur Folge, dass sich Marvins erster Schluck Bier in hohem Bogen zum Taboulé-Salat gesellte. Ich habe heute an einem Nistkasten für kleine Vögel gearbeitet und hatte ein Problem mit dem Loch, wo die Vögel reinfliegen. Normalerweise hilft mir Anna, die Betreuerin. Heute hat sie aber nur geweint. Ich musste das Lochproblem selber lösen. Und weil der schwanzgesteuerte Lurch fremdgegangen ist, hat der Nistkasten nun ein Loch für grössere Vögel. Für mich ist das voll in Ordnung, aber für Anna nicht. Aha. Gehst du auch fremd? fragte sie wieder. Marvin nahm einen zünftigen Schuck von seinem Bier. Er dachte eigentlich, sie sei an den gängigen Fortpflanzungspraktiken und allem, was sich in deren säuerlichen Dunstkreisen bewege, wenig interessiert; aber ganz sicher war er sich nicht. Ich kann gar nicht fremdgehen, ich bin ja nicht verheiratet. Anna und der schwanzgesteuerte Lurch sind es auch nicht. Der schwanzgesteuerte Lurch ist ihr Freund und arbeitet ebenfalls als Betreuer, aber halt in einer anderen Gruppe. Eins zu null für Maite, dachte Marvin und sagte: 'Lurch' reicht völlig, ich weiss, wen du meinst. Ich habe keine Freundin, also kann ich nicht fremdgehen. Aber ich bin doch deine Freundin, maulte sie und boxte ihn mit fehldosierter Kraft in die Schulter. Zwei zu null für Maite. Was genau verstehst du eigentlich unter 'fremdgehen'? fragte Marvin vorsichtig. Sie schüttelte die vom Hieb schmerzende Hand und sagte: Na, ich müsste weinen, wenn du das tun würdest. Und deshalb muss ich doch wissen, ob du in die Fremde gegangen bist, als deine Freundin würde ich dann weinen. Dein Pflichtbewusstsein ehrt mich wirklich, danke. Aber das habe ich nicht gemacht – bis jetzt jedenfalls nicht und falls doch, dann würde ich dich mitnehmen, in die Fremde. Sie gab sich mit dieser Antwort zufrieden. Es schien ihr nichts auszumachen, dass Annas Freund nach wie vor als Betreuer in der Werkstatt arbeitete und gar nicht in die Fremde gegangen war. Im letzten Jahr hat Anna eine Reise nach Südamerika gemacht – ohne Lurch. Musste der dann auch weinen? Keine Ahnung. Vielleicht geht er haushälterischer um mit seiner Tränenflüssigkeit. Aha, murmelte Maite gedankenversunken und schaute mit starrem Blick auf die Resten des Taboulé-Salats.

Du solltest Tomaten haben hier. Das wäre schön, für den Salat. Dieses Jahr ist es viel zu spät für Tomaten, es ist schon Ende August und zudem haben die Tomaten auf meiner Terrasse sehr wenig Licht, das könnte ein Problem sein. Und erst die Schnecken! Versuch es doch, von nichts kommt nichts, war ihre Reaktion darauf. Er merkte, wie er sie in diesem Moment für ihre einfache Weltsicht beneidete. Wenig später fragte sie ihn, ob er noch mehr Bier habe und wie sein Arbeitstag eigentlich gewesen sei. Sie wisse ja, wo es noch mehr Bier habe und er sei schon seit mehreren Monaten arbeitslos, insofern sei sein Arbeitstag inexistent, das wisse sie doch. Sie war auch mit dieser Antwort zufrieden. Ihr Mangel an Empathie oder Verständnis im Zusammenhang mit Marvins Arbeitslosigkeit wurde mit ihrer Begeisterung für das Vorhandensein von Bier im Kühlschrank wettgemacht. Ihm war das ganz recht so. Sie sprang auf, hopste in die Wohnung zum Kühlschrank, kam mit einem einzigen Bier zurück auf die Terrasse und setzte sich wieder. Er tat es ihr gleich, nahm die leere Salatschüssel vom traurigen Rasen, hielt sie sich beim Hineinhopsen über den Kopf und versuchte damit Maite zu imitieren. Sein lächerliches Verhalten richtete immerhin einen kleinen emotionalen Schaden an. Maite nahm nicht einmal Notiz davon. Glücklicherweise sah in diesem Moment niemand durch die Lücke in seiner Lorbeerhecke, sonst wäre wohl wieder an seinem Denkvermögen gezweifelt worden. Genau wie vor einigen Monaten, als er danach seinen Hut genommen hatte. Aber dieses Fass wollte er an dem Abend nicht aufmachen; Maite hätte sich wahrscheinlich sowieso nicht dafür begeistern können. Beide sassen mit einem frischen Bier in der Hand auf der Terrasse und starrten die Überbleibsel des Taboulé-Salats an, die in der heranschleichenden Abenddämmerung langsam im schäbigen Rasen verschwanden.

Du kommst morgen auch, wie abgemacht, oder? frage Maite. Wohin? Na, an den Tag der offenen Tür. Nein, Maite, nicht schon wieder! Er versuchte ihr zu erklären, dass er ihre Werkstatt schon tausendmal besichtigt habe und wenig Motivation verspüre, die Hürde der Überwindung jedes Jahr erneut zu nehmen. Für diese Art von Kapriolen sei er definitiv zu alt und sein Rückgrat hielte solche Sprünge nicht mehr aus. Und abgesehen davon habe er gar keine Einladung erhalten. Trotz des Alkohols sagte sie sehr nüchtern und ohne einen Anflug von Bedauern: Ich lade dich gerade eben ein. Du musst kommen. Du bist der einzige. Sie hatte recht, drei zu null. Seit Maite den neuen Lebenspartner ihrer Mutter als lüsternes Zwergflusspferd bezeichnete, wollte die nichts mehr von dieser minderbemittelten Person, wie sie Maite nannte, wissen. Und sonst gab es da tatsächlich niemanden mehr. Ich habe Anna schon gesagt, dass mein Mann auch kommen werde. Sie ist für die Gästebratwürste zuständig. Sie ist ja noch nicht so lange Betreuerin bei uns. Ja, wenn es sogar eine Bratwurst gibt, werde ich selbstverständlich kommen, bestätigte er und bedauerte insgeheim, dass er an der Namensgebung des lüsternen Zwergflusspferdes massgeblich beteiligt war.

Bezeichne mich doch bitte nicht ständig als deinen Mann, das ist gelogen. Ich bin ein langjähriger Kumpel von dir, aber nicht dein Mann! Wo ist da der Unterschied; wollen wir spielen? fragte sie gähnend. Marvin hatte eigentlich kein Interesse an weiteren Niederlagen, liess die Unterschiede auf sich beruhen und weigerte sich mutig, aber vergeblich, gegen jegliche Art von Spielen. Maite sprang auf, rannte aus der Wohnung, um kurz darauf mit 'den Siedlern von Catan' unter dem Arm zurückzukehren. Sie installierte das Spiel auf Marvins Schreib-Esstisch, während er trotzig und mit verschränkten Armen danebenstand. Setz dich, wir spielen, forderte sie und Marvins Widerstand kuschte vor der allesumfassenden Zwecklosigkeit zu später Stunde.

Gemäss Anleitung beginnt jeweils die älteste Person damit, ihre erste Siedlung in die Spiellandschaft zu platzieren. Der Standort ist mitunter entscheidend für den Zugang zu Ressourcen, welche benötigt werden, um Strassen und weitere Siedlungen zu bauen. Auf einfache Siedlungen folgen prunkvolle Städte und wer das grössere Reich schafft, gewinnt. Maite, die wenig älter war als Marvin, bestand immer auf diese Gegebenheit. Einmal an einem Quartierfest hatte sie die Andric diesbezüglich sogar angelogen. Maite hatte sich da älter gemacht als sie war, nur um die erste Siedlung setzen zu können. Die Andric war definitiv älter. Maite sagte oft die Unwahrheit. In ihrer Erlebenswelt entsprachen diese kleinen Lügen aber der temporären Wahrheit, also war sie sich keiner Schuld bewusst. Und auch 'ihr Mann' konnte daran nichts ändern. Doch beim Spiel mit der Andric hatte sie bewusst gelogen. Nimm das für deine Katze! dachte Marvin damals und hatte auf Maites Flunkerei nicht reagiert. Marvins Siedlungsversuche waren wie immer bedauernswert. Jassir wurde schon wieder überrollt, sagte er jeweils verzweifelt, wenn seine rot gefärbten Siedlungen unter der blauen Übermacht Maites kaum mehr zu sehen waren. Und Benjamin gewinnt schon wieder, du Pfeife! triumphierte Maite. Anfänglich nannte Marvin die Spiellandschaft liebevoll 'Westjordanland'. Damit hörten sie aber irgendwann wieder auf, weil sich Maite diesen Namen nicht richtig merken konnte. 'Westernjodlerland' werde der Sache einfach nicht gerecht und abgesehen davon interessiere sich ausserhalb der Wahlen sowieso niemand für diese Spiellandschaft, hatte Marvin dazu gemeint. Danach tauften sie sie 'Krim'. Das konnte sich Maite besser merkten, schliesslich sei die Krim ein Teil von 'Krimskrams'. Jassir und Benjamin blieben, die hatten sich schon eingebürgert. Benjamin gewann Partie um Partie und Jassir war dem Maulen nah: Dieses Spiel zeigt lediglich zwei pech-schwarze Mechanismen, die heute noch Gültigkeit haben, obwohl sie schon zur Zeit des Kolonialismus unter jeder Sau waren. Spiel! brüllte Benjamin und warf ihm die Würfel hin. Irgendjemand klopfte von oben, es musste schon spät sein. Mit eingezogenem Kopf verdächtigte Marvin flüsternd die Andric. Maite auch – aber nicht flüsternd. Jassir schüttelte die Würfel in seiner Faust und führte weiter aus: Erstens gewinnen immer die, die sich zuerst Zugang zu günstigen Ressourcen verschaffen, ganz egal, ob dabei Menschenrechte verletzt werden; ganz egal, ob ihnen die Ressourcen auch rechtmässig zustehen; ganz egal, ob andere ebenfalls ihren Anspruch geltend machen möchten. Verschaffe dir als Erster Zugang im grossen Stil und fülle deine Säcke! Zweitens gewinnen immer die, die schneller wachsen und grösser werden. Optimiere die jährliche Wachstumsrate, werde grösser und grösser! Jassir warf die Würfel, nahm einen Pullover und band sich eine Kufiya. Mit Kopfbedeckung schwang er die Keule weiter: Dass dabei immer auch einige auf der Strecke bleiben, zum Beispiel ich, interessiert hier wohl niemanden! Waaachstum ist die einzig gültige Wahrheit! Während er seine Ansichten verkündete, versuchte er sich dick zu machen, rülpste heftig und blähte dabei seine Backen. Du siehst aus wie das lüsterne Zwergflusspferd mit Hut! schrie Maite und zeigte mit dem Finger auf ihn. In diesem Moment klingelte es an der Haustür. Marvin gestikulierte wild und Maite verstand – es war ja nicht das erste Mal. Er ging zur Tür und öffnete sie. Es sei jetzt halb eins, sagte die Andric übertrieben freundlich mit dickem Hals und zerzaustem Haar; sie müsse morgen arbeiten und würde gerne schlafen. Das sei derzeit unmöglich, da unter ihrem Bett die Anarchie herrsche, sie bitte um Ruhe. Lieber Anarchie unter dem Bett als darin, dachte Marvin und sagte: Entschuldigung, ja klar, schlaf gut. Sie bedankte sich und ging, der dicke Hals blieb und Marvin schloss die Tür. Du hast eine Sieben gewürfelt, du musst noch die Räuber versetzen, sagte Maite. Auf die Räuber ist wenigstens Verlass, die haben etwas Ehrliches; sie könnten sich ja auch 'Investmentbanker' nennen, tun es aber nicht, dachte Marvin. Er versetzte noch die Räuber, die seine Niederlage aber auch nicht mehr abwenden konnten. Wir müssen unsere gesetzlose Gruppierung für heute auflösen, flüsterte Marvin, du weisst ja, wo es rausgeht, wir sehen uns morgen am Tag der offenen Tür. Sie liess alles stehen, umarmte ihn wie ein junger Pavian, der sich an seine Mutter klammert, und verliess die Wohnung. Er liess ebenfalls alles stehen, zog sein Bettsofa aus, holte ein Kissen und ein Leintuch aus dem Schrank und ging ins Badezimmer, um die Abendtoilette zu machen.

Als er aus dem Bad kam, stand die Wohnungstür offen. Und unter dem Leintuch schaute ein Zylinder hervor. Das sind Gewohnheiten, die deine abwesenden Verwandten aber nicht goutieren würden, sagte er halblaut und legte sich neben den Zylinder. Der Babypavian suchte erneut seine Mutter. Du solltest echt auch wieder einmal deine Zähne putzen, flüsterte er, aus deiner Richtung riecht es nach abgestandenem Blumenvasenwasser. Sie war am Abtauchen, atmete tief und langsam. Der Jassir in ihm liess ihn nicht abtauchen, sein Körper war noch im Euch-les-ich-die-Leviten-Modus, worauf sein Geist resigniert abwinkte. So lag er lange da und hing seinen Gendanken nach: Auch in ihrer Wohnung riecht es nach altem Blumenvasenwasser. Mit diesem Duft könnte ich mich wohl auf die Dauer nicht arrangieren. Wie macht sie das nur? Eine Zeit lang hatte sie ständig Hexenkraut im Wald gesammelt, es nach Hause genommen, Wasser in leere Bierfläschchen gefüllt und es eingestellt. Auf die Frage nach dem Sinn reagierte sie geheimnistuerisch. Dieses Kraut helfe ihr bei einer bestimmten Sache; mehr verriet sie nicht. Mit dem Hexenkraut kam auch der unangenehme Geruch von abgestandenem Blumenvasenwasser. Das Hexenkraut verschwand irgendeinmal wieder, aber der Geruch hatte sich in ihrer Wohnung festgesetzt. Vermutlich war das der Grund, weshalb sie oft bei ihm nächtigte. In Wahrheit mochte sie dieses latente Stinken auch nicht. Und die Übernachtungen in seiner Wohnung nahmen nach der Hexenkrautsache tatsächlich zu. Er mochte seinen annektierenden Benjamin, sehr.

4

Sein Gefühl akuten Abhandenkommens kam sich neben ihrer glasklaren Einfachheit vorübergehend unnütz vor – immer wieder. Was ihn ungewollt stützte, hielt ihn aber auch fest. Eine ernsthafte Beziehung zu einer Frau schien unmöglich. In diesem Zusammenhang stand es ungefähr zwölf zu nullkommazweifünf für Maite, obwohl sie gefühlt lediglich an ungefähr der Hälfte der bindungsversuchenden Himmelfahrtskommandos beteiligt gewesen war. Aber auch die anderen Damen wurden ihr gutgeschrieben. Bei diesen Bekanntschaften war es nicht zur Begegnung mit dem Endboss gekommen, wie Marvin Maite diesbezüglich nannte, was nicht bedeutete, dass er, der Endboss, die Frauen nicht zum Teufel gejagt hätte. Einerseits war Marvin ein Mann, der gerne eine Partnerin gehabt hätte, andererseits war er eben auch schon lange Junggeselle. Einmal hatte bereits dieser Umstand gereicht, um eine potentielle Mutter seiner ungeborenen Kinder in die Flucht zu jagen. Seine Wohnung roch zwar nicht nach abgestandenem Blumenvasenwasser, aber sie roch halt nach Junggeselle. Daraufhin drehte Mutti Zwei – Maite nannte seine Bekanntschaften 'Mutti' und nummerierte sie durch – auf der Türschwelle wieder um. Mutti Fünf hatte eine Insektenphobie, was sich relativ schlecht mit seinen silbernen Ureinwohnern vertrug. Eine weitere Mutti, die Nummer wusste er nicht mehr, hatte eine Katzenhaarallergie; auch das ging nicht.

Den anderen Muttis, an deren Abgang Maite nicht beteiligt war, fanden ihn schlicht nicht männlich genug, quälten ihn aber solange sie konnten mit der Funktion des Begleiters: Er nahm an Schlagerpartys teil, obwohl ihn an solchen Abenden eine immer grösser werdende, kognitive Dissonanz plagte. Er besuchte öffentliche Vorträge mit Titeln wie 'unsere Welt wird dementer' oder 'Demeter: kein Label reguliert schärfer' und hatte danach fürchterlich Nächte, in denen er im Schweiss badete. Er liess sich sogar einmal auf ein Krimidinner ein, an dem er einen testosterongeladenen Mörder spielen musste, der sämtliche Frauen am Tisch flachgelegt hatte und danach jene umliess, die ein Kind von ihm erwartete, und das nur, weil seine Figur keine Verpflichtungen eingehen wollte. Das Essen war aber ganz okay. Früher oder später hatte sich Marvin durchringen müssen, den Frauen zu gestehen, dass er für diese Art von Aktivitäten nicht mehr zur Verfügung stünde, da er die Dysbalancen längerfristig nicht aushielte. Im Anschluss an die Männlichkeitsdebatten folgten die endgültigen Verabschiedungen.

Aber eben, hin und wieder kam es auch zur Begegnung mit dem Endboss: Nach einem wunderbaren Abend und einer atemberaubenden Nacht war er frisch verliebt neben einer, für seine Verhältnisse, durchaus passablen Dame eingeschlafen. Am nächsten Morgen lag der Zylinder und was sonst noch dazugehörte zwischen ihnen. Die Dame schrie wie am Spiess, was Maite ihrerseits dazu veranlasste, der Frau übermotiviert ins Gesicht zu boxen, wie es sich für einen Endboss schliesslich gehörte. Die Sirene verstummte wie gewünscht und veranlasste eine Fernhalteverfügung. Es folgen eine Anzeige und Sozialstunden für Maite und unangenehme Fragen für Marvin. Die Sozialstunden musste Maite beim städtischen Strasseninspektorat leisten. Ihre Aufgabe bestand darin, die Rattenpopulation der Stadt im Zaum zu halten; sie half mit, unzählige Köderboxen mit Rattengift zu bestücken. Diese Aufgabe gefiel ihr bedauerlicherweise unverschämt gut. Marvin befürchtete, dass Maites Gewaltbereitschaft gegenüber neuen Bekanntschaften mit der Zunahme verendender Ratten in der städtischen Kanalisation korrelierten könnte. Seine Befürchtung ist den Beweis schuldig geblieben, obwohl Maite nach den Sozialstunden unangenehme Situationen vermehrt mit einem gezielten physischen Akt zu lösen versuchte. Ihr dabei eine hohe Gewaltbereitschaft unterstellen zu wollen, hätte die Sache nicht ganz richtig umschrieben, denn es handelte sich meist um einen Unfall. Unfälle, bei denen Maite allerdings nie Opfer, sondern stets Verursacherin war. So auch bei der vorletzten Mutti: Marvin hatte sich mit ihr zum Boulespielen verabredet. An der Hauptstrasse, wenige Gehminuten von Marvins Wohnblock entfernt, gab es einen kleinen Park mit einem Kaskadenbrunnen in dessen Mitte. Der Park war früher die Gartenanlage eines abgelebten Herrschaftshauses mit alten Blutbuchen und -eichen, die sich ihre roten Gewänder im Jahresverlauf abtraten. Irgendwann ging das Grundstück in Stadtbesitz über, das marode Gebäude wurde abgerissen und die Gartenanlage der Öffentlichkeit zugänglich gemacht. Vor allem die Bluteichen direkt neben der Hauptstrasse machten immer wieder von sich reden, da sie die Angewohnheit hatten, mit ihren Wurzeln den Asphaltbelag anzuheben. Auf dem angehobenen Asphalt hoben auch die darauf fahrenden Autos ab. Die Übeltäter waren schnell gefunden und ehemalige Mitglieder der Autopartei wollten den Eichen an den Kragen. Das liess die damals linke Stadtregierung aber nicht zu und löste das Problem mit einer holprigen Tempo-Dreissig-Zone, was die Mitglieder der Autopartei rasend machte. Danach versuchte der Vorsteher des Strasseninspektorats, sein Vater war ebenfalls ein Mitglied der besagten Partei gewesen, den Eichen mit übermässigem Streusalz im Winter den Garaus zu machen. Die Bluteichen standen immer noch. Und dahinter, abgeschirmt von weiteren Bäumen, gab es diesen Brunnen. Zuoberst auf einer gewundenen Säule stand ein urinierender Knabe aus Bronze. Er pinkelte ganzjährig in ein kleines Becken. Das gelassene Wasser lief über den Beckenrand in ein darunterliegendes, grösseres Becken. Daneben lag ein Kiesplätzchen. Ein idealer Ort zum Boulespielen und sich Kennenlernen, hatte Marvin damals gefunden. Das Vorhaben schien zu fruchten; sie spielten gegeneinander und Marvin liess sie immer gewinnen. Später stiess Maite dazu, was abgemacht war, denn Marvin hätte sich mit ihrer Hilfe gerne als umsorgenden Erdenbürger präsentiert. Maite spielte an seiner Stelle und er übernahm die Position des Unparteiischen, der bei gleichauf liegenden Kugeln das Massband zückte. Dass Maite eine miserable Verliererin war, wusste Marvin. Dass die vorletzte Mutti eine genauso schlechte Verliererin sein könnte, hätte er zumindest als Option in Betracht ziehen müssen. Die Mutti liess Maite nicht freiwillig gewinnen. Sie gewann ein Spiel nach dem anderen und Maites Frustrationstoleranz erreichte den Kellerboden. Und das schaffte sie selten zu verbergen. Sie stieg zwischenzeitlich sogar auf den Brunnen und versuchte den Pissstrahl der Statue so umzulenken, dass der Knabe nur knapp an der Bekanntschaft vorbeiseichte. Beim Spielstand von zwölf zu drei für die Mutti geschah es dann: Muttis erste Kugel der Runde berührte das Cochonnet, damit war ihr der alles entscheidende Punkt so gut wie sicher, denn Maite hätte diese Kugel mit ihren eigenen Kugeln wegschiessen müssen, aber ihre Treffsicherheit war, nach der Pieselattacke sowieso, unterirdisch. Maite stellte sich in den Kreis, der Marvin zuvor mit seinen Schuhen in den Kies gezogen hatte, und warf ihre erste Kugel. Die Kugel segelte über Muttis Kugel hinweg, knallte weit hinten gegen den Stamm einer Blutbuche und rollte danach sogar ein bisschen zurück in Richtung Cochonnet. Die Mutti stand neben ihrer perfekt liegenden Kugel und lächelte süffisant. Maite warf ihre zweite Kugel, die viel zu früh im Kies aufschlug und liegen blieb. Sie hatte noch eine letzte Kugel. Damit liesse sich das Unheil noch einmal abwenden. Sie schoss. Und traf. Auf dem Röntgenbild waren die drei gebrochenen Mittelfussknochen des linken Fusses gut ersichtlich. Die Mutti bekam für sechs Wochen einen Gips. Maite sah sich irgendwie als Siegerin und gab der Mutti den Beinamen 'Krücke'. Mutti Krücke, die offizielle Nummer Zwölf in Marvins Trauerspiel um die Gunst der Frauen, mied fortan das Boulespiel.

Nach Mutti Krücke kam die bisher letzte Bekanntschaft. Mit ihr sah es lange sehr gut aus und Marvin hatte gedanklich schon das Kinderzimmer möbliert – genderneutral, natürlich. Auch mit ihr spielte er Boule. Maite war ebenfalls mit dabei und er sich des Risikos mehr oder minder bewusst. Diese Mutti allerdings, eine Kindergartenlehrerin, konnte sehr gut verlieren. Schon von Berufs wegen müsse sie eine gute Verliererin sein, hatte sie erklärt, während sie eine ihrer Boulekugeln ins Kraut warf. Eine Horde selbstgefälliger Vier- bis Fünfjähriger, deren hechelnde Eltern ihnen sämtliche Wünsche erfüllten, hätten es wohl kaum toleriert, wenn die Kindergartenlehrerin sie beim Spielen in die Pfanne gehauen hätte. Elterngespräche, eventuell mit Anwalt, wären mögliche Folgen gewesen. Und den Eltern zu erklären, dass die Wutausbrüche ihrer Lieblinge eventuell einer Hochbegabung entsprängen, wäre nicht Auftrag der öffentlichen Schule gewesen. Private Einrichtungen sähen das vielleicht anders – je nach Schulgeld halt. Nun, sie war eine gute Verliererin und deshalb schon seit einigen Jahren im Dienst. Das fünfzehnjährige Dienstaltersgeschenk hatte sie schon hinter sich: Eine Flasche Grappa und einen halben Monatslohn, bar um den Flaschenhals gebunden. Früher war das Dienstaltersgeschenk in Form eines halben Monatslohns einfach auf das Bankkonto überwiesen worden und die Lehrpersonen hatten es kaum wahrgenommen. Die Steuergruppe 'Dienstaltersgeschenk', bestehend aus Schulleiterin und zwei weiteren Arbeitskolleginnen fortgeschrittenen Alters, sahen in der physischen Übergabe des Geschenks eine besondere Art der Wertschätzung, und den Grappa gab es obendrauf, dafür wurde im Lehrkörper gesammelt. Die Kindergarten-Mutti warf eine weitere Kugel in den Unterwuchs, weit weg vom Cochonnet, und überliess Maite den Kreis. Wenigstens könne man damit die pädagogische Scheisse runterspülen, meinte sie und stellte sich mit verschränkten Armen neben Marvin. Hinter ihnen plätscherte der Kaskadenbrunnen. Während beide dastanden und Maite beim Spielen zuschauten, verliebte sich Marvin heftig in die Kindergarten-Mutti. Maite gewann sämtliche Spiele. Muttis Gegenwehr war auch sehr bescheiden. Und als sie dann sogar noch zwecks Durstlöschung auf den Brunnen stieg, um den Pissstrahl des Knaben – es war gemäss

44

Wasserversorgung bestes Trinkwasser – direkt in ihren Mund plätschern zu lassen, hatte sie auch Maite für sich gewonnen. Marvin fand die Szenerie zwar einigermassen verstörend, liess sich aber nichts anmerken. Als sie am Morgen danach in Marvins Bett aufgewacht waren und zwischen sich den Zylinder entdeckt hatten, zog die Kindergarten-Mutti Marvin so energisch zu sich, dass der Zylinder einen Buck und fast keine Luft mehr bekam. Der Endboss schien bezwungen. In einer ruhigen Minute nahm Marvin Maite auf die Seite und teilte ihr mit, dass er glaube gescort zu haben. Schliesslich möge sie die Kindergarten-Mutti genauso wie umgekehrt und das sei mindestens einen Teilpunkt wert. Sie einigten sich auf nullkommazweifünf Punkte zu Gunsten Marvins. Der verheissungsvolle Punktestand liess lange hoffen. Und Marvin hörte gar die Hochzeitsglocken läuten, als die Kindergarten-Mutti unaufgefordert den irischen Wolfshund samt Frauchen von der Terrasse jagte mit den Worten: Was würden Sie sagen, wenn ich bei Ihnen auf die Terrasse scheisse? Sie schien perfekt, zwar etwas ungehobelt – aber perfekt. Zu diesem Zeitpunkt war ihm ihre esoterische Ernsthaftigkeit, die langsam an die Oberfläche kraxelte, noch gänzlich unbekannt. Eines Abends sassen sie zu dritt auf der Terrasse bei einem Bier. Sie habe dieses Schuljahr endlich wieder einmal tolle Kindergartenkinder, begann die Mutti zu schwärmen. Und die Namen der Kinder seien sinnbildlich für ihre Seelen. Ein Mädchen heisse beispielsweise

Kimberly, was soviel wie die Herrscherin oder Anführerin bedeute. Die kleine Kimberly sei tatsächlich eine Leaderin, das merke sie jetzt schon. Oder der kleine Björn, sein Name stamme aus dem Norwegischen und bedeute soviel wie 'Bär'. Der Junge erklimme das Klettergerüst auf dem Spielplatz hinter dem Kindergarten mit einer unglaublichen Leichtigkeit, er sei für sein Alter echt bärenstark. Wenn der so gut klettern kann, müsste der Name des Jungen im Norwegischen eher so etwas wie 'Affe' bedeuten, überlegte sich Marvin, verkniff sich aber diese Weisheit. Danach war Maite an der Reihe. Ihr Name sei die baskische Form von Amanda, was soviel wie 'Geliebte' bedeute, wusste die Mutti. Wessen Geliebte sie denn sei? Sie heisse Maite, mehr wisse sie auch nicht, motzte sie. Marvin wusste mehr, allerdings war es nicht so eine schöne Geschichte und er zögerte, sie der Kindergarten-Mutti zu erzählen. Maites Mutter war ein grosser Fan der Band The Kelly Family. Damals war die Band noch recht unbekannt, tourte durch Europa und gab teilweise sogar Gratiskonzerte auf öffentlichen Plätzen. Maites Erzeuger konnte ihrer naiven, alternativen Mutter glaubhaft machen, dass er ein Mitglied der Kelly-Grossfamilie sei. Sie war Feuer und Flamme für diesen Mann. Die Kellys bekamen wenige Jahre zuvor ein Mädchen, Maites Namensgeberin. Später stellte sich heraus, dass Maites Vater Ire war. Das war auch die einzige Verbindung zur Kelly Family. Maite war zu diesem Zeitpunkt schon auf der Welt und, auf Wunsch der

46

Grosseltern, sogar getauft. Der Vater sah sein Werk vollbracht und machte sich kurz darauf aus dem Staub. Das sei eine traurige Geschichte, erkläre aber, weshalb Maite oft so verloren wirke, meinte die Kindergarten-Mutti. Sie wirke oft gefunden und nicht verloren, war Maites durchaus schlagfertige Reaktion. Ein schlecht vernarbtes Brandmal aus längst vergangener Zeit. Wieso er heisse, wie er heisse, wollte die Mutti wissen. Er heisse Marvin, weil seine Eltern diesen Namen für ihn ausgesucht hätten. Das ist schon klar, aber weshalb haben sie dir diesen Namen gegeben? Soviel sie wisse, komme sein Name aus dem angelsächsischen Sprachraum und bedeute soviel wie 'berühmter Freund', was sie, die Mutti, sehr anziehend fände. Er glaube, sagte Marvin, dass seine Eltern von dieser Bedeutung nichts gewusst hätten. Sie bohrte weiter nach den Beweggründen seiner Eltern, bis auch Marvin mit seiner Namensgeschichte teilweise rausrückte. Ob sie den britischen Schriftsteller Douglas Adams kenne, begann er. Der habe wunderbare Science-Fiction-Romane geschrieben, deshalb heisse er Marvin. Aber der heisse ja Douglas und nicht Marvin, warf Maite ein und prostete ihm mit der Bierflasche zu. Maites geistiger Scharfsinn bei komplett abwesend wirkendem Äusseren erstaunte ihn; trotzdem fühlte er sich von ihr verraten. Die Mutti wiederholte Maites Aussage, sie wollte es genauer wissen. Der eine Roman, der auch ins Deutsche übersetzt worden war, hatte seinen Eltern ausserordentlich gut gefallen. Die Geschichte handle unter anderem auch von einem Roboter, der Marvin heisse. Seine Mutter habe den Roboter damals dermassen knuffig gefunden, versuchte Marvin die Entscheidung seiner Eltern zu verteidigen. Wie denn dieses Buch heisse, wollte die Mutti wissen, vielleicht lese sie es irgendwann auch. Der Originaltitel laute 'The Hichhiker's Guide to the Galaxy'. Später hätte es dazu auch noch einen Film gegeben. Die drei sassen Bier trinkend nebeneinander, irgendwo bellte ein grosser Hund. Sie schwiegen und suchten nach Bildern aus der Vergangenheit. Am nächsten Tag rief ihn die Mutti vom Kindergarten aus an. Sie war aufgebracht. Ihre Pensenpartnerin kenne diesen Film, der Roboter sei nicht knuffig, er sei depressiv und suizidal, und das ginge ihr dann doch zu weit. Sie verstehe nicht, weshalb seine Eltern ihm eine solche Bürde auferlegt hätten. Das sei doch lediglich ein Name, versuchte Marvin sich zu verteidigen und fühlte sich dabei jämmerlich. Das sei nicht nur ein Name, sondern etwas, das man ein Leben lang mit sich trüge. Und wenn man davon ausginge – was sie tue – , dass ein emotionaler Rucksack dieser Grösse zwangsläufig auf allfällige Kinder, mindestens teilweise, abgetreten werde, dann sei das eine Katastrophe und das Verhalten seiner Eltern unverzeihlich! Und unter den gegebenen Umständen könne sie sich eine ernsthafte Beziehung mit ihm nicht vorstellen. Ihr Name, sie hiess Elita, würde sehr gut zu einem 'berühmten Freund' passen, unmöglich aber zu einem 'depressiven Roboter'. Sie verabschiedete sich definitiv – telefonisch. Und er drohte tatsächlich in eine depressive Verstimmung abzurutschen; vielleicht hatte die Elite-Mutti sogar recht. Der rote Luftballon mit seinem Wunschzettel wurde von Lausbuben mit der Steinschleuder abgeschossen. Entweichendes Gas liess den Ballon sinken, was die eigentliche Misere erst möglich gemacht hatte. Der spitzige Stein, der den Ballon unwiederbringlich verletzte, verfing sich in dessen Überresten und riss daraufhin den Wunschzettel mit in die Tiefe. Der Zettel landete auf einem Stoppelfeld, ein roter Kunststofffetzen hing noch daran. Er versuchte ein paar Mal zurückzurufen, sie sperrte seinen Kontakt. Er überlegte sich, beim Kindergarten vorbeizuschauen, hatte aber zu grossen Respekt davor. Was, wenn ihm die kampfbereite Meute entschlossener Kinder, angeführt von Kimberly, springseilschwingend entgegentreten würde? In ihrer Mitte gut geschützt Elita, die Auserwählte, mit wehendem Haar. Und vermutlich hätte ihn Björn mit entblösstem Oberkörper zum Zweikampf gefordert. Diese Schmach wollte er nicht auch noch auf sich laden, sein emotionaler Rucksack schien ihm schon schwer genug. Es ging eine ganze Weile, bis Marvin erkannte, dass Elita einen Dachschaden hatte. Es seiche bei der Kindergarten-Mutti beim Oberstübchen rein, erklärte er Maite bereits einen Tag nach dem endgültigen Telefonat; wirklich so gemeint hatte er es aber erst viel später, als das Stoppelfeld schon geackert worden war und der angewitterte Wunschzettel unter dem Boden lag. Es stand zwölf zu nullkommazweifünf für Maite und dabei konnte er es, für den Moment, auch belassen.

Gut Ding will ja bekanntlich Weile haben. Und wenn nicht, dann sei das auch kein Beinbruch, dachte Marvin. Schliesslich unterwerfen sich seine Eltern seit mehr als vierzig Jahren gesellschaftlichen Konventionen. So lange unglücklich verheiratet zu sein, war zwar durchaus eine Leistung, wenn auch eine himmeltraurige. Seit er denken konnte, ranzten sich seine Eltern gegenseitig an. Sie konnten einander eigentlich seit ungefähr vierzig Jahren nicht mehr ausstehen, waren aber auf Verderb aneinandergebunden. Sie vollführten krampfhaft eine Art Dreibeinlauf: Sein rechtes Fussgelenk war mit dem dicken Seil der Verpflichtung an ihr linkes Fussgelenk gebunden. Anstatt die Arme einzuhaken und gemeinsam ins Ziel zu rennen, schienen sie in entgegengesetzte Richtungen zu laufen. Verständlicherweise empfanden sie den andern dabei als Klotz am Bein. Sie stritten permanent über Kleinigkeiten und waren ungeduldig miteinander. Marvin fragte sich oft, wie viele Lebensjahre sie sich gegenseitig abjagten. Hätte man die Energie, die solche Streitereien in Anspruch nehmen, bündeln, umlenken und anderweitig nutzen können, wäre die Weltherrschaft locker in greifbare Nähe gerückt. Stattdessen keiften seine Eltern lieber und vielleicht war das auch besser so. Schliesslich gehe es darum, Teil des grossen Ganzen zu sein und seinen Beitrag zu leisten, predigte sein Vater jeweils in einem komplett anderen

Zusammenhang. Vielleicht waren die lähmenden Streitereien als Beitrag zu verstehen. Vielleicht hätten sie bei anderer Energieeinteilung die Welt in den Abgrund gerissen – jetzt übernehmen das wenigstens andere. Marvin fand es spannend immer wieder zu beobachten, was passierte, wenn ein fremder Lebensentwurf auf ihre Verzwistungen prallte. Dann bildeten sie sofort eine Einheit gegen dieses Anderssein. Sie zeigten abschätzig mit den Fingern auf andere und fühlten sich dabei zusammengehörig. In solchen Momenten schien ihr Dreibeinlauf für kurze Zeit tatsächlich dynamisch, selbst wenn sie im Kreis liefen. Das letzte Mal, als er seine Eltern einen konnte, hatte er ihnen seinen Entscheid mitgeteilt, das Studium definitiv an den Nagel zu hängen. Das dynamische Duo stellte ihn in den Senkel. Sie waren eine mahnfingerzeigende Einheit und Marvin war dabei fast hopsgegangen. Sein einziger Trost: Das war vor mehr als einer Dekade und seither hatte er seinen Eltern nicht mehr die Gelegenheit gegeben, sich gemeinsam gegen ihn zu stellen. Sie zankten ununterbrochen. Marvin polierte sein ungewolltes Zölibat gerne mit der erbärmlichen Eheführung seiner Eltern auf. Er fühlte sich dabei besser und schlechter.

5

Am nächsten Morgen roch es aus Maites Richtung nicht mehr nach Blumenvasenwasser – es roch eher nach Katzenklo. Marvin wusste, dass er sie nicht dazu brachte, sich die Zähne zu putzen. Sie putzte ihre Zähne sporadisch, aber nie, wenn sie dazu aufgefordert wurde. Woher das wohl kam? Vielleicht der bescheidene Wunsch nach Selbstbestimmung? Ob sich die Mundhygiene dafür eignete, war fraglich, auf jeden Fall hatte Maite in akuten Phasen der Verweigerung stets ausreichend Raum um sich herum. Marvin begegnete dem Katzenklo gekonnt mit Übertünchen und machte Maite und sich ein Frühstück. Danach roch es aus Maites Richtung auch nach Kaffee und Aprikosenkonfitüre – so ging es. Musst du dich nicht langsam sputen? fragte Marvin. Du musst doch zur Arbeit? Maite zückte ihr Mobiltelefon, kontrollierte die Uhrzeit, machte danach grosse Augen, stand auf und rannte los. Die Tür zu Marvins Wohnung liess sie wie immer geöffnet. Wenige Sekunden später hörte Marvin eilige Schritte im Treppenhaus näherkommen. Es war erneut Maite. Sie verabschiedete sich in gewohnter Babypavianmanier: Bis später.

Marvin machte den Abwasch. Es nervte ihn eine surrende Fleischfliege, die erfolglos versuchte die Fensterscheibe zu durchdringen. Panisches Unvermögen oder Grössenwahn? Marvin öffnete die Terrassentür und versuchte der Fliege den Weg in die Freiheit, oder in den Untergang, zu weisen. Sie verweigerte sich und surrte weiter gegen die Scheibe. Ein Tier, das an seinen Füssen Nervenzellen zur Geschmacksempfindung hat, ist nicht in der Lage, eine geöffnete Terrassentür wahrzunehmen? empörte sich Marvin und versuchte die Fliege auf der Fensterscheibe mit seinen Händen zur geöffneten Terrassentür zu schieben. Du kannst deinen Fuss in eine beliebige Flüssigkeit tunken und schmeckst, was es ist. Aber deine Füsse checken nicht, dass du dich auf einer Fensterscheibe befindest, du dummes Tier! schimpfte Marvin. Ihr Widerstand wuchs, worauf er seinen Druck gegen Scheibe und Fliege erhöhte. Die Fliege starb und hinterliess eine schleimige Spur auf der Fensterscheibe. Zum Glück war es keine Hornisse, dachte Marvin, damit wäre er an diesem Morgen wohl nicht fertiggeworden.

Marvin nahm sich Zeit für die Morgentoilette. Er sass auf der Schüssel und studierte die Nachrichten auf dem Tablet: Im Grundwasser der Stadt konnte ein Chemiker offenbar ein Fungizid-Abbauprodukt aus der umliegenden Landwirtschaft nachweisen. Das Chlorothalonil stehe im Verdacht krebserregend zu sein, wurde der Chemiker zitiert. Öffentliche Brunnen, welche kontaminiertes Grundwasser führten, seien bereits abgestellt worden. Marvin überlegte, ob das Wasser des Pissknaben-Brunnens im Pärkchen auch kontaminiert gewesen sein könnte. Er und Maite tranken während einer aufreibenden Boulepartie hin und wieder davon. Mir sind die

Hände sowieso gebunden, dachte er, als sich ein Unbehagen meldete, das nichts mit seinem aktuellen Entleerungsversuch zu tun hatte. Allerdings hatte die Kindergarten-Mutti ebenfalls ausgiebig vom Wasser getrunken. Kein depressiver Roboter, dafür vielleicht Krebs – das Universum ist voller Hoffnung. Seine frühmorgendliche Destruktivität wirkte wie der übermässige Verzehr von Heidelbeeren – zusammenziehend, was seinem Darm Mühe machte. Er wischte mit dem Finger über das Tablet von rechts nach links, zur nächsten Nachricht: Der Amazonas brennt für die Rinder! Immerhin nicht für die Katz, dachte Marvin und las weiter. Rinderzüchter würden brandroden, um mehr Land für ihre Rinder zu erschleichen. Der Regenwald könne offenbar seine Funktion als Kohlenstoffspeicher so nicht mehr wie gewünscht übernehmen, weil es dazu andere Stoffe wie Phosphor bräuchte, deren Verfügbarkeit durch die Rodungen nicht mehr gewährleistet sei. Der suizidale Roboter in ihm machte sich bemerkbar: Man kann es ihnen zwar verübeln, aber es nützt einen Scheissdreck – brennt der Wald, so wächst die Wirtschaft. Beim Lesen dieser Nachricht kam es ebenfalls zum Heidelbeereffekt. Marvin musste den Stuhlgang auf später verschieben, wollte er nicht frühzeitig Hämorrhoiden riskieren. Anschliessend wischte er nicht mehr über das Tablet, sondern sich den Hintern ab und ging ausgiebig duschen. Silberfischchen und Schimmel freuten sich gleichermassen und prosperierten fröhlich. Der chronisch verkalkte Duschkopf, wurde in Marvins Kopf zur Regenwalddusche. Ebenso gut hätte er sich aber auch einen Kübel Wasser über die Birne leeren können. Er stand da; über ihm gab die Brause ihr Bestes. Er schaute Richtung Körperäquator. Sein Körper konnte den regelmässigen Bierkonsum schon länger nicht mehr vertuschen und investierte in Bauchfett. Und seinem Amazonasgebiet hätte eine zünftige Rodung vermutlich gutgetan. Er sah es als einen Akt der Solidarität dem wahren Regenwald gegenüber und entschloss sich, es bis auf Weiteres spriessen zu lassen. Klammeraffen hangelten durch sein Schamhaar. Es wurde Zeit, die Brause für diesmal zu erlösen. Als er angezogen war, überlegte er kurz, ob ein Bier am Morgen des Arbeitslosen Untergang sei. Er liess es bleiben. Sein Bauchfett half ihm dabei. Draussen war es schön. In ihm drinnen versuchte die Arbeitslosigkeit für einen kurzen Moment seinem Magen den Garaus zu machen. Irgendwann werde er sich eine neue Arbeit suchen müssen, dachte er. Der Kampf gegen seine Widerstände wurde regelmässiger. Onlinebanking und Daueraufträge gaukelten ihm vor, dass es sich auch ohne Arbeit ganz gut leben lässt. Noch für ein Weilchen zumindest. Die trügerische Gewissheit hatte ihn wieder; sein Magen kam für einmal mit einem blauen Auge davon. Marvin stand in der Wohnungstür, sein obligatorisches Morgenprogramm, Duschen und Anziehen, war vollbracht. Sollte er sich schon zu Maites Werkstatt aufmachen? Nein, er wollte nicht der Erste sein, das würde sich nicht gut machen. Allerdings war es oft hilfreich, einer der Ersten zu sein, dann stellten sich nämlich alle andern bei einem vor. War man einer der Letzten, zog das meist ein Händeschüttelmarathon nach sich, der einem eine unverschämte Portion Lebenskraft entzog, ganz abgesehen vom Wunsch nach Desinfektionsmittel.

Marvin entschied sich, auf seiner Terrasse Tomaten auszusäen, genau wie es Maite vorschlug. Und das, obwohl es bereits Spätsommer war und damit regelrecht sinnfrei. In der Stadtgärtnerei wurde ihm genau dasselbe gesagt, als er nach Samen einer späten Tomatensorte fragte – einfach höflicher. Die Wahrscheinlichkeit, dass aus den Tomaten etwas würde, sei sehr gering, meinte die junge Gärtnerin. Man müsse Tomaten bis spätestens Ende Mai ausgesät haben und das aktuelle Datum sei ihm bestimmt bekannt. Ob er ein beheizbares Treibhaus und UV-Lampen habe. Marvin verneinte, kaufte aber trotzdem ein Briefchen 'Wladiwostok', drei Tontöpfe mit Untersetzern und einen Dreissiglitersack Hochbeeterde. Während er den Sack schulterte, fragte er die Gärtnerin, ob die Tomatensorte tatsächlich russischen Ursprungs sei. Sie fragte zurück, wieso er das meine. Darauf gab er keine Antwort und machte sich schwer beladen auf den Rückweg. Er stellte sich vor, wie ein Mandschu irgendwo in einem chinesischen Innenhof vor mehr als hundertfünfzig Jahren Tomaten gehalten hätte. Nach langjähriger Selektion wäre es ihm gelungen, eine Tomatensorte mit roten, flachrunden Früchten zu züchten, die gegen allerlei Krankheiten nahezu resistent gewesen wäre. Aufgrund ihrer Eigenschaften hätte er der Sorte den klingenden Namen 'göttliche Morgenröte' – natürlich auf Mandschurisch – gegeben. Später dann als die Heimat des Tomatenzüchters an Russland ging, wäre die göttliche Morgenröte in Vergessenheit geraten. Erst viel später hätte die Tomate den Weg in den Westen gefunden: Die Linie der Transsibirische Eisenbahn war längst fertiggestellt, als ein junger Kondukteur seiner Liebe ein kleines, vergilbtes Briefchen aus Wladiwostok mit nach Moskau brachte. Er erklärte, dass sich in diesem Briefchen das Erbe seiner Familie befände und, dass er ihr, als Zeichen seiner unendlichen Liebe, den Inhalt dieses Briefchens überlassen wolle. Sie war etwas weniger romantisch, eher pragmatisch veranlagt und wusste, dass er als Kondukteur sehr viel unterwegs sein würde. Sie hatte deshalb mehrere Eisen im Feuer und entschied sich letztlich gegen die Eisenbahn. Es brach ihm das Herz. Das vergilbte Briefchen musste lange im Schmuckkästchen der Moskauerin gelegen haben. Irgendwann ging ihr Mann Wladimir dann ins Schweizer Exil und sie begleitete ihn – mit dabei das Schmuckkästchen. Da sich Wladimir ständig mit politisch Gleichgesinnten traf, um Pläne zu schmieden, war seine Frau oft alleine. Die Zeit drohte stillzustehen. Hinter dem bezogenen Mietshaus gab es einen grossen Pflanzgarten und die Moskauerin entdeckte, dass

Gartenarbeit der störrischen Zeit erfolgreich die Sporen gab. Eines Abends nach einem arbeitssamen Tag im Garten, legte sie vor dem Zubettgehen ihre Creolen ab. Sie öffnete das Schmuckkästchen, suchte darin ein Plätzchen für die ausladenden Ohrringe und stiess dabei auf das vergessen gegangene Briefchen. Tags darauf kamen die Samen der göttlichen Morgenröte direkt neben der wärmespeichernden Hauswand in den Boden. Die Ernte fiel überwältigend aus. Leider verschmähte Wladimir pflanzliche Kost, woraufhin seine Frau die flachrunden Tomaten an die Nachbarschaft verschenkte. Natürlich versuchte sie den Nachbarn die Geschichte dieser Tomaten zu erklären und erwähnte auch deren sagenhaften Namen. Die Nachbarn – ehrliche Menschen, aber keine Sprachvirtuosen – lächelten kopfnickend und bedankten sich herzlich für das willkommene Geschenk, verstanden aber, ausser 'Wladiwostok', nichts. Später musste Wladimir wegen dieser Revolutionssache wieder zurück nach Russland, seine Frau ging mit. Die göttliche Morgenröte erfreute sich, fortan unter dem Namen 'Wladiwostok', grosser Beliebtheit und verbreitete sich fidel in Westeuropa. Dass 'Wladiwostok' soviel wie 'beherrsche den Osten' bedeutete und ausgerechnet von Wladimirs Frau nach Westeuropa gebracht wurde, wussten nur wenige. Marvin war ehrlich traurig, als er zuerst die Topfe und dann den Sack mit Erde auf der Terrasse ablegte. Er versprach, der vergessenen Anmut Respekt zu erweisen und schwor, die Tomate künftig wieder 'göttliche Morgenröte' zu nennen. Im Kiesstreifen, der an die Fassade seines Wohnblocks angrenzte, suchte Marvin drei geeignete Steine. Er wollte damit die Abflusslöcher der Tontöpfe abdecken. Beim Giessen sollte nur das Wasser abfliessen, nicht aber die Erde ausgeschwemmt werden. Er suchte lange nach den geeigneten Steinen. Sie hatten einigermassen flach zu sein, aber nicht so flach, dass sie das Loch komplett abdichteten, sonst gäbe es Staunässe und das wäre der göttlichen Morgenröte auf die Dauer gar nicht gut bekommen. Zwanzig gesammelte Steine hätten in Frage kommen können. Nach einem langwierigen Auswahlverfahren blieben drei Steine übrig: Der eine Stein sah aus wie der Kopf eines Mannes mit hoher Stirn und grosser Nase. Ein anderer glich einer Hand mit mahnendem Zeigefinger und erinnerte damit ein bisschen an die Silhouette Korsikas. Und der dritte hatte die Form eines Herzens. Beim dritten Stein war sich Marvin lange unsicher, ob er ihn zum Abdecken des Loches überhaupt brauchen wollte. Ein Herz aus Stein ist selten hilfreich. Und schliesslich sei er kein Gefühlsdusel, der selbstgesammelte Kleinode mit Herzform aufbewahrt. Die Tatsache, dass die Steine allesamt mit Erde zugeschüttet würden, liess seine Unsicherheit davonziehen. Er legte die Steine auf die Löcher der drei Töpfe, öffnete den Sack mit Erde, gab vorsichtig je eine Handvoll Erde auf die Steine und drückte sie leicht an. Danach hob er den Sack, hielt dessen Öffnung über den ersten Topf und kippte die Erde hinein, bis sie beinahe über den Rand quoll. Danach füllte er die anderen Töpfe. Er setzte den Sack ab, drückte die Erde in den Töpfen mit den Händen an und strich sie eben. Grössere Erdklümpchen nahm er in die Finger und zerrieb sie. Mit den Kuppen seiner Zeigefinger machte er kleine, kaum sichtbare Vertiefungen in die Erde. In jede Vertiefung bettete er vorsichtig einen Samen der göttlichen Morgenröte. Anschliessend nahm er erneut eine Handvoll Erde aus dem Sack und streute sie, als wollte er einen Kuchen mit Schokoladenstreuseln verzieren, hauchdünn über die Tomatensamen. Die Erde musste ein letztes Mal vorsichtig angedrückt werden. Marvin stellte die drei Töpfe mit Untersetzern direkt vor sein Fenster, nahm den Sack, schüttete die restliche Erde unter die Lorbeerhecke und verteilte sie rudimentär. Er entsorgte den Sack in seinem Hausmüll und holte den Reisstrohbesen aus der Waschküche. Einen eigenen Reissstrohbesen habe er noch nie besessen, schliesslich sei er ja keine Hexe, hatte er einmal Herrn Böckli gesagt, der das gar nicht lustig fand. Dem war nämlich der Reisstrohbesen aus der Waschküche heilig. Der sei ausschliesslich für Indoorzwecke gedacht und nicht für Marvins Terrasse; das sei ja eklig mit all den Hunden. Aber ein Hexenbesen könne nur im Freien fliegen, versuchte Marvin die Situation damals zu entschärfen. Danach grüsste ihn Herr Böckli zwei Wochen lang nicht mehr. Die Zweckentfremdung des Reisstrohbesens war also immer eine hochriskante Mission. Marvin wischte einige Erdkrümel eilig von den Steinplatten und brachte den Besen anschliessend sofort wieder in die Waschküche zurück. Zum Glück merkte Herr Böckli für einmal nichts davon. Leere Bierfläschchen dienten als Giesskannen. Marvin hielt beim Tränken den Daumen auf die Flaschenöffnung, sodass nur wenig Wasser rauströpfeln konnte. Damit sollte verhindert werden, dass die Samen der göttlichen Morgenröte ausgeschwemmt würden – es gelang. Jeder Topf erhielt ein Bierfläschchen voll Wasser. Wehe, ihr kommt nicht! drohte er ihnen. Mal schauen, ob die Klimaerwärmung hält, was sie verspricht. Marvin war reichlich stolz auf seine drei Töpfe göttliche Morgenröte und begutachtete sie immer wieder. Dass sich die schwächelnde Sonne des Spätsommers nicht durch die hohe Lorbeerhecke kämpfte und der Schlagschatten des Nachbarhauses das Seine dazu beitrug, versuchte Marvin nicht wahrhaben zu müssen. Er sonnte sich in der Befriedigung getaner Arbeit. So, wachsen müsst ihr jetzt aber selber, mahnte er. Im Spätsommer noch zu keimen, in den Herbst hinein zu blühen und dann gegebenenfalls sogar noch Früchte zu tragen, war eine mehr als vermessene Erwartung an einfache Tomatensamen – trotz Namen und Herkunft. Ob so grosser Erwartungen wäre Marvin sicher zum Verweigerer geworden. Zum Glück war er der Gärtner und nicht das Saatgut.

6

Es war kurz vor Mittag, als Marvin entschied den Bus zu nehmen. Er hätte auch zu Fuss an den Tag der offenen Tür von Maites Werkstatt gehen können. Das hätte einen Fussmarsch von fünfzig Minuten mit sich gebracht. Die Tomatenpflanzaktion war aber körperliche Ertüchtigung genug für einen Morgen. Und ein Marsch durch die halbe Stadt hätten Massnahmen bezüglich Körperhygiene nötig gemacht, die er sich sowieso gespart hätte, was wiederum eine Zumutung für seine Umgebung gewesen wäre. Also lief er die wenigen Minuten bis zur Bushaltestelle. Als er dort ankam, sass ein junger Mann auf dem Bänklein unter dem transparenten Haltestellendach und rauchte eine selbstgedrehte Zigarette. Der junge Mann hob den Kopf; sie schauten sich gleichzeitig an und Marvin grüsste ihn so freundlich, wie es ihm an diesem Morgen möglich war. Der junge Mann zog an der Zigarette, stiess eine beachtliche Rauchwolke aus, senkte den Kopf wieder und starrte auf den Randstein. Wieso grüsst er nicht zurück, dieser arrogante Baboon? ärgerte sich Marvin, während die Rauchwolke für einen Moment an seinem Kopf hängen blieb, wie eine Regenwolke, die es nicht über den Bergrücken schafft. Und er ärgerte sich noch mehr darüber, dass er sich darüber ärgerte. Jetzt bin ich schon soweit! dachte er und versuchte den Ursprung der Divergenz zu verorten: Ist es jungen Menschen nicht mehr wichtig, ein Gegenüber wahrzunehmen? Oder ist es nur dann wichtig, wenn das Gegenüber ein potentieller Kopulations- oder Geschäftspartner ist und ein durchgestyltes Äusseres pflegt? Mit Social Media wurde die Welt zum Dorf. Haben junge Menschen so viele digitale Freundschaften, dass all ihre Aufmerksamkeit dorthin abfliesst und damit für das Gegenüber an der Bushaltestelle halt einfach nichts mehr übrigbleibt? Wenn in der Wahrnehmung kein Platz mehr ist für das Gegenüber an der Bushaltestelle, ist man dann überhaupt im Stande zu registrieren, was in der unmittelbaren Umgebung passiert? Wenn der Baboon wüsste, welche Gedankengänge seine arrogante Geistesabwesenheit auslösten, würde er dann sein Gegenüber grüssen? Vermutlich nicht – ausser man könnte ihm mittels Promotion ein neu lanciertes Produkt näherbringen, dann schon und auch sehr freundliche, dann gäbe es ja auch etwas dafür. Marvin entschied, dass der junge Mann aufgrund missbräuchlichen Musikkonsums taub und des Lippenlesens noch nicht mächtig sei. Er hätte ihn, selbst wenn es sein innigster Wunsch gewesen wäre, nicht grüssen können – der arme Tropf. Marvin setzte sich neben den armen Mann und bedauerte ihn zuverlässig. Beim Warten löste er mit Hilfe seines Mobiltelefons ein Zonenbillett, welches für das Busnetz der ganzen Stadt während zweier Stunden gültig war. Bushaltestellen gleichen sich wie ein Ei dem anderen, dachte er beim Warten: Ein lichtdurchlässiges Dach, ein

Metallbänklein, das restlos gesäubert werden konnte, wenn draufgekotzt wurde, und Randalierversuchen von pickligen Buben standhielt, daneben ein Billettautomat, dessen Tage gezählt waren und zu guter Letzt noch eine Metallkonstruktion, an der der Fahrplan festgeschraubt war und so den pickligen Buben ebenfalls Paroli bot. Bis zu Maites Werkstatt waren es elf gleichaussehende Haltestellen. Marvin fand diesen Umstand regelrecht frustrierend. Man stieg ein, um später an einem anderen Ort auszusteigen, aber die Haltestelle blieb, zumindest optisch, dieselbe. Als ob man sich gar nicht fortbewegt hätte; als ob man sich gar nicht auf den Weg gemacht hätte; als ob der Bus an Ort und Stelle auf riesigen Rollen die Fahrt nur simulieren würde. Der junge Mann schnippte den Zigarettenstummel auf die Strasse. Marvin merkte, wie ein Teil von ihm den moralisierenden Zeigefinger erneut hob und zum inneren Monolog ansetzen wollte. In diesem Moment sah er den herannahenden Bus.

Der E-Bus stoppte beinahe lautlos, die Federbälge wurden entlüftet; der Bus senkte sich auf der Trottoirseite. Die Türen öffneten sich. Der Zigarettenstummelschnipper und Marvin stiegen ein, die Chauffeuse grüsste sie mechanisch, aber höflich – sie musste, ihrer Berufsehre wegen. Marvin erwiderte den Gruss. Der Bus war sehr gut gefüllt. Weiter hinten, hinter dem Handorgelgelenk, sah Marvin einen freien Platz, neben einer jungen Dame, die auf ihr Mobiltelefon schaute. Marvin fragte sie, ob dieser Platz noch frei sei. Die junge Frau reagierte nicht, was ihn beelendete. Er setzte sich dennoch hin und bemerkte erst jetzt, dass sich hinter ihren langen, offen getragenen Haaren kleine, weisse Kopfhörer verbargen – offensichtlich kabellose Bluetooth-Kopfhörer. Die Erkenntnis entlastete die Betrübtheit wenig; vor ihm sass der Schnipper, auch er mit gesenktem Kopf über seinem Mobiltelefon. Die Mehrheit sass so oder so ähnlich da, stellte Marvin fest. Sie hielten ihre Köpfe so stark über die kleinen Bildschirme gesenkt, als wollten sie zum Kopfsprung ansetzen. Und wäre es tatsächlich möglich gewesen, sie wären wahrscheinlich hineingesprungen. Aufgrund ihrer vornüber gesenkten Köpfe konnte Marvin bei jenen, die mit dem Rücken zu ihm sassen, den Dornfortsatz des letzten Halswirbels als deutlich hervorstehenden Zacken am Nacken erkennen. Er stellte sich vor, dass durch eine digitale Evolution die Position und Form der Halswirbel massgeblich verändert würde. Menschen müssten irgendwann gar nicht mehr von ihren Bildschirmen aufschauen, da sie sämtliche Informationen – auch zu ihrer physischen Umgebung – den Mobiltelefonen entnehmen könnten. Ihre gesenkten Häupter entsprächen der Norm. Zum Dornfortsatz des letzten Halswirbels würden sich weitere sichtbare Dornfortsätze gesellen. Und die Dornfortsätze würden über die Zeit immer stärker hervortreten. Von hinten wären mehrere Zacken zu sehen, die an ihren Spitzen die Haut bedrohlich weiss färbten. Marvin

steigerte sich gedanklich derart hinein, dass er überzeugt war, dass es bei einem solchen Szenario zu einer
neuen Form der sexuellen Selektion kommen würde:
Grosse, stark hervortretende Dornfortsätze der Halswirbel wären ein zuverlässiges Zeichen für eine überdurch-
schnittlich hohe Ausdauer in Bezug auf die Bildschirm-
zeit. Diese Ausdauer würde, da sich das Geschäftsleben
gänzlich ins Netz verschoben hätte, positiv korrelieren
mit dem sozio-ökonomischen Status. Ergo wären grosse,
stark hervortretende Dornfortsätze der Halswirbel besonders attraktiv in Bezug auf die Familiengründung.
Teure, PS-starke Sportboliden würden damit von übergrossen Dornfortsätzen abgelöst und beim Umwerben
potentieller Sexualpartnerinnen ginge es tatsächlich für
einmal um die Grösse. Dass die Dornfortsätze einhergin-
gen mit einer besonders schwerwiegenden Form der digitalen Demenz, würde leider erst – und damit viel zu
spät – erkannt werden, wenn sich Universitätsprofesso-
ren der Informatikdepartemente täglich von ihren Mobiltelefonen an die Namen ihrer Gemahlinnen erinnern
liessen, damit diese nicht vergessen gingen. Was ohne
Erinnerungshilfen notabene zu ungeheuer unangeneh-
men Situationen in den Schlafzimmern führen würde.
Ein weiteres Zeichen für das bedrohliche Aufkommen
der digitalen Demenz würde demnach die Zunahme der
Scheidungsrate werden, was selten auf einen Seiten-
sprung mit anschliessender Namensverwechslung zu
tun haben würde, sondern vielmehr auf

Erinnerungslücken zurückzuführen wäre. Leider würde man dieses Zeichen aufgrund fortgeschrittener digitaler Demenz nicht mehr richtig deuten können und dem Netz, welches als einziges fähig sein würde, eine korrekte Analyse zu machen, wäre die Zunahme der Scheidungsrate gänzlich egal. Im Anschluss daran ginge es dem dornfortsatzbestückten Menschen, dem Homo sapiens spinosus, ähnlich wie seinem optischen Pendant, dem Stegosaurus, vor fünfundsechzig Millionen Jahren. Es würden vielleicht jene, die nur unregelmässigen oder sogar keinen Zugang zum weltweiten Netz hätten, in den Olymp aufsteigen. Ob es ihnen damit besser ginge, wagte Marvin in Frage zu stellen. Mit 'früher oder später gehen wir sowieso alle vor die Hunde' beendete Marvin seinen Gedankengang. Er fühlte sich, als ob ihn irgendwer mit grosser Kraft in den Sitz drücken würde. Immerhin, der E-Bus fuhr geräuscharm und die Mobiltelefon-Stegosaurier kommunizierten zwar unentwegt, aber ohne Stimmbänder. Es herrschte eine göttliche Ruhe im Bus – oder war es vielmehr eine teuflische Lethargie?

Der Bus fuhr durch eine lange Häuserschlucht. Die riesigen Geschäftskomplexe liessen der Sonne kein Durchkommen, es wurde merklich dunkler. Die hellen Mobiltelefon-Bildschirme beleuchteten die Gesichter der Stegosaurier. Für jemanden wie Marvin, der sich nicht so recht zugehörig fühlte, war das ein grausiges Bild: Leuchtende Konsumjunkies, die ihre Sinne amputierten. Führende Mobiltelefonhersteller hätten es vermutlich marktbeflügelnder formuliert, dachte Marvin und versuchte sich, um auf konstruktivere Gedanken zu kommen, als Werbetexter der aktuellen Situation: Die Zukunft lässt auch dich erhellen, so wie die Sonne den Mond zum Strahlen bringt! Dass der Mond dabei strohdumm und unselbständig wird und letztlich vergisst, wo er hinfliegen soll, ist lediglich dem Kleingedruckten zu entnehmen. Und irgendwann würde der Mond versuchen, mit seinem Fahrzeug eine galaktische Treppe hinunterzufahren, nur weil sein Navigationssystem ihm dies auftrüge. Und die Erde müsste danach ohne ihren Trabanten weiterleben. Und auf seinem Grabstein würde stehen: Hier dreht sich einer im Grabe um, der das Wahrnehmen und Denken erfolgreich auszulagern wusste. Offensichtlich gelang es Marvin nicht, hellere Gedanken nicht postwendend totzuschlagen.

Der Bus hielt in der Häuserschlucht, es stiegen ein paar Stegosaurier aus und neue kamen dazu. Marvin konnte sich für einen Moment nicht mehr an den Namen der Haltestelle erinnern, was ihn beunruhigte. Er ertastete mit den Fingern den Dornfortsatz seines siebten Halswirbels und fand, dass dieser leicht gewachsen sei. Während seine Befürchtung auf einer winzigen Welle der Vernunft surfte, erschien auf dem Informationsbildschirm der Name der Haltestelle: Rosskastanienhain. Marvin erinnerte sich, fand die Namensgebung aber nicht mehr zeitgemäss. Die Haltestelle hätte eher 'Betonwüste-der-Finsternis-Strasse' oder dann wenigstens

'Rosskastanienhain selig' heissen müssen. Es war kein einziger Baum mehr existent. Als damals in dieser Strasse der letzte Baum gefallen war, entschied das Tiefbauamt der Stadt, dass Grünflächen an einem solchen Ort keinen Sinn machten, es müssten schliesslich Prioritäten gesetzt werden. Die Tiefgaragen der anliegenden Hochhäuser würden an die Strassenkofferung anschliessen. Bei einer allfälligen Grünfläche könne das Regenwasser sowieso nicht mehr richtig abliessen, und würde dieses beim Versickern in die Tiefgaragen eindringen, verursachte das enorme Folgekosten. Niemand in der Stadtregierung war interessiert an Folgekosten, schon gar nicht während der eigenen Legislaturperiode. Die Grünflächen waren vom Tisch und mit ihnen auch sämtliche Bäume. Dank der vollständigen Versiegelung der Böden konnte in dieser Strasse das Regenwasser ohne jegliche Folgekosten komplett dem Abwassersystem zugeführt werden. Ein Meisterwerk, das die nette Nebenwirkung hatte, dass sich trotz fehlendem Sonnenlicht aufgrund hoher Bauten die Hitze in der Strasse staute. Marvin trauerte leise den Rosskastanien nach. Und er war nicht der einzige. War man Hund in dieser Strasse, ging es einem mies. Für die Hunde hatte man neben dem Trottoir zwecks Markierungsgewohnheiten beziehungsweise Blasenentleerungen alle fünfzig Meter einen halbierten, alten Autopneu montiert. Da durften sie dranseichen. Was für ein Hundeleben. Damit sollten die Häuserfassaden geschont werden; schliesslich auch das eine Frage der Priorität. Dass das nicht nur den Hunden, sondern auch dem Auge wehtat, wurde nicht priorisiert.

Es stieg eine Gruppe Jugendlicher zu, die Türen schlossen sich, die Federbälge füllten sich hörbar mit Luft und der Bus nahm seine Fahrt wieder auf. Drei der Buben setzten sich neben Marvin in das freigewordene Viererabteil. Die zwei in Fahrtrichtung sitzenden Buben nutzten den freien gegenüberliegenden Sitz, um darauf ihre billig produzierten Markenschuhe der ganzen Welt zu präsentieren. Marvin war davon überzeugt, einer der beiden zuvor auf einem halbierten Autopneu balanciert gesehen zu haben. Er überlegte sich, ob er ihn auffordern sollte, die Schuhe vom Sitz zu nehmen. Selbstverständlich mit der Erklärung, dass sich Hundeseich und Sitzpolster zwar grundsätzlich verstünden, es aber für den nächsten Fahrgast allenfalls olfaktorische Folgen haben könnte, was doch schon zumindest ein bisschen unschön wäre. Beim Überlegen seiner Argumentationskette merkte er, wie sein Puls in die Höhe schnellte. Er liess es bleiben, schliesslich sei er nicht bei den städtischen Verkehrsdiensten angestellt, versuchte er seinen Rückzieher zu rechtfertigen. Alle drei machten den Stegosaurus. Kurz darauf fragte der Hundeseichmarkenschuh seinen schräg gegenübersitzenden Kollegen: He, Missgeburt, hast du die Alte nun endlich durchgefickt? Die Missgeburt machte weiter den Stegosaurus, schaute nicht einmal auf und sagte: Verdammte Missgeburt, nein Alter! Als auch noch der Dritte in die Diskussion miteinstieg und lautstark kundtat: Verfickte Missgeburt! vergaß Marvin schlagartig, dass er kein Angestellter der städtischen Verkehrsdienste war. Er konnte nicht anders; er musste reagieren. Er schaute den einen Jungen an und fragte: Meinst du mich? Der Junge schaute von seinem Mobiltelefon auf, verneinte, zeigte mit dem Finger auf seinen Kollegen von vis-à-vis und sagte: Nein, ich meine diese Missgeburt. Der Junge wurde nicht einmal verlegen – im Gegenteil – er grinste schelmisch. Er würdige zwar seine Schlagfertigkeit, aber das sei auch schon alles, enervierte sich Marvin. Es sei zwar löblich, dass ihr gemeinsamer Wortschatz immerhin aus drei Worten bestehe, aber so könne man doch nicht miteinander reden! erhob er seine Stimme. Die Frage an sich sei vollkommen in Ordnung, schliesslich sei das die schönste Nebensache der Welt! Aber man könne doch erwarten, dass sie sich in ihrem Alter etwas gesitteter ausdrücken könnten, vor allem in der Öffentlichkeit, wo er diese Scheisse auch noch mitanhören müsse! Er redete sich derart in Rage, dass er seine kurze Standpauke mit den Worten schloss: Verdammte, alte Missgeburten, verdammt! Wem immer das galt. Marvin realisierte erst später, dass seine Contenance durch den Boden gefallen war und vom Bus eine Zeitlang hinterhergeschleift wurde. Für den Bruchteil einer Sekunde hatte er die Aufmerksamkeit aller busfahrenden Stegosaurier. Da das nur wenigen gelingt, hätte er eigentlich stolz auf sich sein müssen. War er aber nicht. Er fühlte sich steinalt.

Dann passierte etwas, das Marvin so nicht erwartet hätte. Der schelmische Junge entschuldigte sich bei ihm. Er versuchte zu erklären, dass sich ausserhalb pädagogischer Institutionen niemand darum schere, wie sie sprächen, und dass auch noch nie jemand so wie er, Marvin, reagiert hätte. Abgesehen davon entwickle sich die Sprache, und das sei nun halt die Art und Weise, wie sie miteinander kommunizierten. Marvin war trotz der Entschuldigung immer noch auf Hochtouren: Das soll also Sprachentwicklung sein? Das ist ein Rückschritt, keine Entwicklung! Der Hundeseichmarkenschuh erkundigte sich, wie er denn seiner Meinung nach hätte Fragen sollen. He, Freund, hast du mit der Liebe deines Lebens schon den Beischlaf verübt? schulmeisterte Marvin. Alle drei Buben kicherten und wirkten jünger als sie waren. Die Missgeburt bedankte sich für den Hinweis und meinte grinsend: Diese gehobene Wortwahl wird meiner Alten mächtig Eindruck machen, der Beischlaf naht! Dann kam die nächste Haltestelle und die Jugendlichen mussten raus. Als der Bus wieder losfuhr, winkten ihm die Buben sogar zum Abschied. Marvin drehte seinen Kopf auf die andere Seite und tat, als ob er ihre versöhnliche Geste nicht registriert hätte. Er schämte sich für seinen kleinen Ausraster.

Bei der übernächsten Haltestelle stieg niemand aus und nur Niemand stieg ein. Niemand war stadtbekannt. Er stank nach Alkohol und Strasse, und hatte mit Sicherheit kein Billett, was in der Regel toleriert wurde. Er wurde trotzdem von vielen geschätzt. Niemand blieb in der Gelenkhandorgel stehen, als der Bus weiterfuhr, er setzte sich nie neben andere Fahrgäste – wahrscheinlich war er sich seiner Ausdünstungen bewusst und wollte allen Beteiligten die Konfrontation damit ersparen. Schon erstaunlich, dachte Marvin, Niemand scheint sich um nichts und niemanden zu scheren, aber er will niemanden mit seinem Geruch belästigen. Er schlief, wenn immer möglich, draussen, obwohl ihm die Stadt ein Obdach zur Verfügung stellte. Marvin hatte ihn auch schon im Boule-Pärkchen schlafen gesehen. Er legte keinen Wert darauf sich zu waschen, zu rasieren oder die Haare zu schneiden. Seine Zähne waren in einem traurigen Zustand. Und seine Fingernägel waren lang und dreckig wie die Zähne einer alten Gartenhacke. Als er so dastand und mit der einen Hand die Haltestange umgriff, erinnerte das Marvin an 'Edward mit den Scherenhänden'. Eigenartigerweise hatte Niemands Auftauchen meist einen beschwingenden Einfluss auf die Gemüter. Marvin merkte das auch bei sich selber und stellte für dieses seltsame Phänomen eine gewagte These auf: Die individualisierte Gesellschaft drohte nach und nach in die Anonymität abzurutschen. Man würdigte sich auf der Strasse, im Bus oder im Café keines Blickes mehr – man kannte sich nicht und hatte auch nicht vor, daran etwas zu ändern. Die schleichend kommende Einsamkeit waren auch die vielen digitalen Freunde nicht im Stande aufzuhalten. Niemand wusste und verstand davon nichts.

Seine bare Präsenz aber vertrieb die Anonymität, sie schlug die Brücke zwischen Menschen, die nebeneinander lebten, wohnten und arbeiteten, aber nicht im geringsten Notiz voneinander nahmen. Weil ihn, Niemand, aber alle kannten, verband er auch jene miteinander, die sich nicht kannten. Und dieses Gefühl der Zusammengehörigkeit, so vermutete Marvin, wirkte beschwingend. Aber es hätte auch gut sein können, dass sich Marvin in Niemands Gegenwart einfach nur etwas weniger erbärmlich fühlte, da Niemand in keiner erdenklichen Weise auf Rosen gebettet war. Vielleicht wäre die These 'Geht es jemandem schlechter als dir, so geht es dir gut' etwas weniger romantisierend und deshalb eher korrekt gewesen, davor verschloss Marvin aber bewusst die Augen. Er wusste, dass Niemand hin und wieder für einzelne Tage in Maites Werkstatt auftauchte. Er half dann bei der Logistik mit und belud einen kleinen Lieferwagen mit den Produkten aus der Werkstatt. Da das Beladen mehrheitlich eine Freiluftarbeit war, vertrug sich das auch mit Niemands Eigengeruch. Für seinen Arbeitseinsatz bekam er von der Werkstattleitung manchmal neue Kleider oder ein neues Paar Schuhe, meistens aber gab es einfach ein bisschen Geld. Marvin ging davon aus, dass Niemand vor allem des Geldes wegen den einen oder anderen Arbeitstag auf sich nahm. Anschliessend sah man ihn beim Detailhändler vor dem Bierregal stehen. Der erhaltene Lohn wurde sofort wieder in Umlauf gebracht. Aufgrund seines übermässigen Alkoholkonsums nahm Marvin an, dass Niemand noch weiteren Gelegenheitsjobs im Freien nachgehen musste, genaueres wusste er aber nicht. Manchmal kreuzten sich ihre Wege wochenlang nicht. Wenn er ihn länger nicht mehr gesehen hatte, befürchtete Marvin jeweils, der übermässige Alkoholkonsum hätte ihn das Zeitliche segnen lassen. Niemands Abgang hätte Marvin echt bedauert und zwar so, wie er den Tod eines guten Freundes bedauern würde – eines Freundes, den man nur selten sieht, mit dem man sich aber bei jeder Begegnung so gut versteht, als würde man sich täglich sehen. Aber Niemand tauchte immer wieder auf. Wie Niemand richtig hiess, wusste niemand. Auf die Frage nach seinem Namen kam immer dieselbe Antwort: Er sei niemand. Und das respektierten alle so, es wurde nicht weiter nachgehakt; wahrscheinlich hätte es auch nichts gebracht. Marvin ging davon aus, dass Niemand dasselbe Ziel hatte wie er. Maites Werkstatt offerierte am Tag der offenen Tür nicht nur Bratwürste, sondern auch alkoholische Getränke. Die Absicht war stets eine hehre, sollten doch die Besucherinnen und Besucher innert nützlicher Frist etwas lockerer werden. Niemands Durst kam dieser Absicht in den vergangenen Jahren auch schon in die Quere. In solchen Momenten war sehr viel Fingerspitzengefühl gefragt. Kräftige Werkstattbetreuer, die sich drohend neben ihn stellten und ihn aufforderten zu gehen, waren in der Regel wenig erfolgreich – da er sich einfach nicht für sie interessierte. Erstaunlicherweise hörte er aber auf Maite, die ganz klar und einfach mit ihm sprach. Sie lockte ihn jeweils mit dem Versprechen auf weitere alkoholische Getränke hinter die Werkstatt und hielt dann ihr Versprechen auch. Niemand betrank sich dann fernab irritierter Blicke. Und die Besucherinnen und Besucher durften sich wieder wohlfühlen. Marvin konnte sich daran erinnern, dass er es beim letzten Mal verblüffend fand, wie Irritationen einfach verschwinden, wenn sie aus dem Blickfeld entfernt werden. Sie sind immer noch da, aber irritieren nicht mehr. Niemand stellte sich vor die Bustür; bei der nächsten Haltestelle musste auch Marvin raus.

7

Der Weg zur Werkstatt führte durch eine schmale Quartierstrasse. Links und rechts standen Einfamilienhäuschen mit grossen, wilden Gärten. Marvin hatte den Eindruck, dass ihr sattes Grün schon bereit war, dem leblosen Herbst zu weichen. Niemand lief gemächlich Richtung Werkstatt. Marvin tat es ihm gleich, wollte allerdings nicht vor ihm bei der Werkstatt sein und schlenderte hinter ihm her. Bei einigen Blumen am Strassenrand stand Niemand für einen kurzen Moment still, berührte behutsam ihre Blüten und ging weiter. Eine ziemlich mitgenommene Wegwarte, die schon von einigen Fahrzeugen zu Boden gefahren sein musste, versuchte er anzuheben und vorsichtig hinter einer danebenstehenden Wegwarte zu stabilisieren, damit ihre angeschlagene Kollegin nicht erneut auf die Strasse kippte. Es schien zu gelingen. Marvin blieb einige Meter hinter Niemand stehen und schaute ihm zu. Unter der umgekippten Wegwarte kam ein kleiner Abwasserschacht zum Vorschein. Niemand kniete sich hin und versuchte durch die Öffnungen im Schachtdeckel in die Tiefe zu schauen. Marvin wurde langsam ungeduldig und setzte sich wieder in Bewegung. Niemand aber hob den kleinen Schachtdeckel an, schob seinen gesamten linken Arm bis zur Schulter in den Schacht, blickte ins Leere und verzog dabei das Gesicht, als ob er mit der

Hand den Schachtgrund ertasten würde. Als Marvin nur noch wenige Schritte von Niemand entfernt war, zog dieser den Arm aus dem Schacht und richtete seinen Oberkörper wieder auf. Etwas längliches wand sich in seiner Hand. Beim Näherkommen sah Marvin, dass Niemand eine riesige Blindschleiche mit hellblauen Tupfen auf dem Rücken aus dem Schacht befreite. Niemand schien irgendetwas zu murmeln, als würde er mit der Blindschleiche sprechen. Und Marvin glaubte zu sehen, dass die Blindschleiche ruhig in Niemands Hand lag und ihn tatsächlich aufmerksam anschaute. Wahrscheinlich war sie aber einfach nur unsagbar erschöpft vom vergeblichen Versuch aus dem Schacht zu gelangen. Wie sich das wohl anfühlte, aus einer aussichtslosen Situation doch noch gerettet zu werden? fragte sich Marvin, der inzwischen neben Niemand stand. Schönes, altes Männchen, fast schon ein Methusalem, frisst gerne Schnecken, sagte Niemand, schaute Marvin an und lächelte kaum wahrnehmbar. Mit der Blindschleiche in der Hand stand Niemand auf, machte ein paar Schritte auf der Strasse, verliess sie dann und verschwand zwischen den wilden Gärten. Marvin schaute ihm nach, solange er konnte, danach setzte er den Schachtdeckel wieder an seinen angestammten Platz und ging weiter. Blindschleichen bräuchte es also auf meiner Terrasse, dachte er. Erstaunlich, dass ein Mensch, der sich derart in den Fängen einer Sucht befindet, dennoch im Stande war, so aufmerksam durchs Leben zu gehen; ich wäre wohl am Schacht vorbeigegangen. Oder hatte Niemand gehofft, eine volle Flasche Bier im Schacht zu finden und fand stattdessen einfach etwas anderes? Nein. Die gute Tat für heute war auf jeden Fall schon vollbracht und Marvin fragte sich, ob sie Niemands seelischen Schmerz – wenn es denn einen solchen gab – nicht etwas zu lindern vermochte, sodass er weniger dem Alkohol Untertan sein müsste. Auf jeden Fall verbuchte Marvin die gute Tat auch ein bisschen für sich, schliesslich war auch er dabei. Niemand würde ihm das nicht verübeln.

Vor sich sah er die Werkstatt. Ein stattliches Industriegebäude, früher eine alte Weberei, die besten Tage längst hinter sich, aber vor einiger Zeit liebevoll minimalsaniert. Das grosse Holztor zum Innenhof stand sperrangelweit offen. Die daran befestigten Luftballone sollten den Besuchern den Weg weisen, allerdings war überdeutlich eine grottenschlechte Liveband – vermutlich die Hausband – schon von draussen zu hören. Marvin fiel es schwer, die Wegweisung der Ballone zu befolgen, eigentlich hätte er unter dem Torbogen liebend gern wieder umgedreht. Es standen mindestens fünfzig Leute im Innenhof und taten übertrieben ausgelassen – sie mussten, auf der Bühne links in der Ecke des Innenhofes spielten schliesslich ihre Verwandten sehr schlecht guten Rock. Rechts neben dem Tor gab es einen Stand mit Getränken zur Selbstbedienung und einen Wurststand mit bedientem Grill. Überall hingen Girlanden aus farbigen Wimpeln. Als Maite ihn sah, juchzte sie laut, rannte auf Marvin zu und umarmte ihn stürmisch, dabei verlor sie sogar ihren Zylinder. Super, ich stelle dir alle und alles vor! sagte sie aufgeregt. Marvin, der ihre Begeisterung nicht teilen konnte, versuchte das so gut es ging zu verbergen und fragte, ob er nicht zuerst etwas essen könne, er sei am Verhungern. Maite nickte freudig wie ein kleines Kind, hakte sich bei ihm ein und so bogen sie gemeinsam zum Wurststand ein.

Das ist meine Betreuerin, Anna, sagte Maite stolz und zeigte auf die junge Frau hinter dem Grill. Marvin und Anna nickten sich zu. Maite habe schon viel Gutes über sie erzählt, rutschte es Marvin raus und er befürchtete im Anschluss, sich soeben in etwas hineinmanövriert zu haben, aus dem er nicht mehr schadlos rauskäme. Er zog seinen Kopf ungewollt zwischen seine Schultern, als er den Ausrutscher bemerkte. In der Hoffnung Anna werfe nicht mit der Grillzange nach ihm. Glücklicherweise zischte das tropfende Fett der Würste im Fettauffangbehälter – es war ein Gasgrill – so laut, dass Anna seine Bemerkung wohl nicht richtig verstanden hatte. Auf jeden Fall lächelte sie nur verlegen, während sie weisse und braune Bratwürste zu drehen versuchte. Maite aber nickte mit dem ganzen Körper, als wolle sie damit die Richtigkeit von Marvins Aussage bekräftigen. Ich hole meinem Mann mal ein kühles Bier, sagte Maite und wieselte davon. Beim Drehen der Würste stieg fettgeschwängerte Hitze auf; Annas Gesicht glänzte deswegen schon zünftig und Marvin machte einen kleinen Schritt zurück. Die Würste seinen schon bald soweit, meinte Anna hoffnungsvoll. Sie sei aber keine Grillexpertin, sie sei vielmehr dazu verdonnert worden, weil sie neu und das ihr erster Tag der offenen Tür sei – quasi die Feuerprobe oder eben Grillprobe. Auf der Warmhaltefläche lagen ein paar jämmerlich verschrumpelte Würstchen, Marvin zeigte mit dem Finger darauf und fragte, ob es denen gut gehe. Anna nickte und erklärte, das seien Tofuwürstchen für die Fleischlosen, die bräuchten nicht so lange und schliesslich sei sie selber Veganerin. Und das – hier am Grill – stehe sie nur durch, weil in ihrer Kindheit regelmässig gegrillt wurde und sie damals noch nicht wusste, wie schädlich Fleischessen für die Umwelt sei. Dass der Tofu teilweise von gentechnisch manipulierten Sojabohnen stammte, und dass sich in einem Würstchen ein ganzer Salzstreuer voll Glutamat versteckte, verkniff sich Marvin, nickte zustimmend und bedauerte jene, die diese traurigen Imitate essen durften. Leicht paralysiert von der Hitze des Grills, dem Fettdunst, seinem leeren Magen und vom Anblick der Tofuwürstchen, die wie exhumierte, grabschändlich entfernte, schrumpelige Penisse wirkten, rutschte es ihm dann doch heraus: Ja ja, die Gen-Tech-Soja ist aber auch nicht ohne. Wie er das meine, fragte Anna und richtete dabei bedrohlich die Grillzange auf ihn. Er wollte gerade dazu ansetzen, ihr sachlich zu erklären, dass herbizidresistente Sojabohnen einen enormen Herbizideinsatz mit sich brächten und zudem vor allem ärmere Bauern Lateinamerikas nicht selten in Abhängigkeiten trieben, geschweige denn von den enormen Flächen, welche für die Proteinpackung gerodet würden. Er kam aber nicht dazu, Anna knallte die Grillzange auf den Rost, hob ihre Hände kampfbereit und sagte giftig: Sie haben doch keine Ahnung! Vegan leben bedeutet nicht, dass alles perfekt ist, aber es ist ein Weg, der zum Besseren führen kann! Sehen sie meine Schuhe? Es sind Lederschuhe! Bin ich ihnen damit nicht konsequent genug? Nur weil ich nicht alle Aspekte des veganen Lebens konsequent in meinen Alltag zu integrieren vermag, heisst das noch lange nicht, das Fleischfressen besser ist! Wenigstens duzte sie ihn nicht, damit, fand Marvin, war ein Minimum an Respekt gegeben. Und ausserdem stand schützend der Grill zwischen ihnen, er musste also nicht befürchten von ihr niedergehauen zu werden. Allerdings zog schon ziemlicher Rauch auf und Marvin stellte fest, dass die Bratwürste langsam aber sicher den Tofuwürstchen glichen. Anna teilte weiter aus. Es sei schliesslich viel besser für die Umwelt, wenn man kein Fleisch esse, das müsse sie doch sicher nicht mit ihm diskutieren. Und schliesslich habe und wolle sie keine Kinder, denn jeder weitere Mensch auf dieser Erde verursache unglaubliche Mengen an zusätzlichem Kohlendioxid, das wolle sie nicht – dem Klima zuliebe verzichte sie sogar auf die Reproduktion. Und dann mache sie auch noch einen sozialen Job – nicht einen, bei dem Leute ausgebeutet und Ressourcen

gebrandschatzt würden. Sie sei es leid, sich ständig erklären und rechtfertigen zu müssen. Er könne sich das
gar nicht vorstellen! Nach ihrem öffentlichen Outing, einem Zeitungsinterview, habe sie sogar Morddrohungen
erhalten und das nur, weil sie kein Fleisch esse! Er solle
sich das mal vorstellen! Inzwischen waren die aufstei-
genden Rauchschwaden dermassen dicht, dass er Anna
gar nicht mehr richtig sehen konnte. Er spürte aber, wie
sie förmlich kochte und die Würste brannten – zumindest teilweise. Es eilte ein glatzköpfiger junger Mann mit
dickrandiger John-Lennon-Brille herbei, der Anna am
Grill abzulösen versuchte. Marvin ging davon aus, dass
der junge Mann ein Betreuer war, der von weitem die
Rauchzeichen der Verzweiflung sah und einfach nur
helfen wollte. Der Mann hielt Anna bei den Schultern,
führte sie behutsam zwei Schritte vom Grill weg und bot
ihr eine Pause an. Nicht du auch noch! murrte sie, befreite sich wie ein flatternder Fasan aus der väterlich wir-
kenden Berührung und stampfte wütend davon. Der
Mann versuchte von den Würsten zu retten, was noch
zu retten war – zu retten war nicht mehr viel. Marvin
ging alles zu schnell. Er stand immer noch vor dem Grill,
als er Maite neben sich wahrnahm, die mit zwei Fläschchen Bier zurückgekommen war. Aha, jetzt hast du also
den Lurchen auch schon kennengelernt, versuchte sie zu
flüstern. Sie versuchte es, aber es gelang ihr nie. Ihr Flüstern war immer viel zu laut. Die Lautstärke entsprach jener einer eindringlichen Sonntagspredigt, aber Maite

hauchte noch unnötig viel Luft dazwischen. Das war für sie Flüstern. Der junge Mann mit John-Lennon-Brille warf Maite kurz einen 'ich zeig dir gleich den Lurch'-Blick zu und damit war klar, dass auch er ihre despektierliche Bezeichnung gehört hatte. Danach musste er sich wieder den partiell verkohlten Würsten widmen. Und Marvin fragte sich zum ersten Mal, wer hier eigentlich wen betreute. Er prostete mit Maite, nahm einen kräftigen Schluck, merkte ohne Verzug, dass er immer noch nichts gegessen hatte und entschied sich, es für den Moment auch dabei zu belassen. Weder die verkohlten Würste noch die momentane Stimmung hätten ihn davon überzeugen können, dieses 'Fest' nüchtern bestreiten zu wollen. Ich denke, der Hunger ist mir einigermassen vergangen, sagte er zu Maite. Gut, dann kann ich dir ja jetzt meinen Arbeitsplatz zeigen. Ob der sich denn verändert habe seit dem letzten Tag der offenen Tür vor einem Jahr. Sie glaube nicht, aber sie seien dazu angehalten worden, den Besuchern unbedingt auch die Werkstatt näherzubringen. Jonas, so heisse der Lurch mit John-Lennon-Brille richtig, habe ihnen eingebläut, dass die Besucherinnen und Besucher nicht nur Würste fressen und Bier saufen sollten, sondern auch die Werkstatt besichtigen müssten. Schliesslich ginge es darum, den Menschen zu zeigen, was sie hier machten. Nun warf Marvin dem Lurch einen 'ich zeig dir gleich den Mittelfinger, du Lurch'-Blick zu. Jonas konnte die Herausforderung aber nicht annehmen, da er immer noch mit den

Würsten beschäftig war. Die Band versuchte 'Shoot to Thrill' von AC/DC zu spielen, es klang fürchterlich. Hätte sich der Schlagzeuger nicht eine Ironman-Maske übergestülpt und sich damit der Lächerlichkeit preisgegeben, Marvin hätte den Song wohl kaum erahnen können. Ganz sicher war er sich trotzdem nicht; sicher war aber, dass es weh tat in den Ohren. Sogar die vorgegaukelte Ausgelassenheit der Besucherinnen und Besucher, die Marvin beim Ankommen zu erkennen glaubte, nahm bei diesem Song Reissaus. Einige hielten sich sogar die Ohren zu, fragten verzweifelt nach Ohrstöpseln oder stopften sich zerknüllte Serviettenstücke in die Ohren. Die Farbe der Servietten war neon-grün.

Maite führte Marvin an der Bühne vorbei zum Werkstatteingang. Sie liefen gemeinsam durch einen dunklen Gang. Links und rechts fanden sich geschlossene schwere Türen. Mit jedem Schritt wurde die Musik etwas leiser. Am Ende des Ganges drückte Maite mit Müh und Not eine etwas breitere und noch schwerere Tür auf. Sie traten ein in eine riesige Halle. Der Raum wirkte von innen grösser, als man es von aussen hätte erahnen können. Er erstreckte sich über mindestens zwei Stockwerke und war so gross, dass darin locker ein Handballfeld Platz gefunden hätte. Einzelne Klötzchen des alten Parketts bewegten sich leicht, wenn Marvin darauf ging, aber immer nur soweit, bis angrenzende Klötzchen sanften Widerstand leisteten. Es hingen grosse, schwarze Industrielampen mit Schirmen aus emailliertem

Stahlblech regelmässig von der Decke. Im Moment waren diese Leuchten nicht nötig, da die riesige, dem Innenhof abgewandte Fensterfront ausreichend Tageslicht hineinliess. Marvin sah aus dem Fenster. Anschliessend an das Gebäude breitete sich ein verwilderter Pflanzgarten aus, der ungefähr gleich gross war, wie der Raum indem sie sich befanden. Dass es sich um einen Pflanzgarten handelte, wusste Marvin von vergangenen Besuchen und natürlich von Maite, die früher hin und wieder bei der Gartenarbeit mithelfen musste. Damals hatte sie herausgefunden, dass sie Unkraut jäten hasste. Marvin hatte ihr an einem Abend erklärt, dass es aus seiner Sicht gar keine Unkräuter gebe, weil jede Pflanze eine Aufgabe habe und die Kategorie 'Unkraut' eigentlich menschengemacht sei. Bauernschlau oder faul wie Maite war, hatte sie daraufhin den Betreuerinnen und Betreuern verkündet, dass sie das Jäten den Unkräutern zuliebe einstellen werde. Ihr Verhalten hatte bei den betreuten Mitarbeitenden eine Protestwelle ausgelöst und das Ergebnis konnte Marvin nun mit eigenen Augen sehen. Er fühlte sich schuldig. Dass es sich einmal um einen Pflanzgarten gehandelt haben musste, erkannte er nur noch knapp an den Johannisbeersträuchern, die von wunderschön, weiss blühenden Zaunwinden langsam überwachsen und zu Boden gerungen wurden.

Hinter dem Garten begann ein Laubwald mit etlichen alten Eichen, die noch nichts wissen wollten vom herannahenden Herbst. Marvin stand nah an die

Fensterfront und liess seinen Blick schweifen. Er sah zufällig einen Gartenbaumläufer klettern. Dieser Waldrand hatte für ihn etwas Vollkommenes, etwas Unschuldiges. Er hätte das Cover eines Bilderbuchs für genauso unschuldige Kinder schmücken können. Und das Buch handelte von einer dreihundertjährigen Eiche, die den Wald und seine Bewohner schützte. Und alles wäre heil. Marvin war erstaunt ob seiner sentimentalen Entgleisung, gab ihr auf den Deckel und schob sie weg. Vor ein paar Jahren, nach einem milden Winter, hatte genau dieser Waldrand mehrere Nester des Eichenprozessionsspinners beherbergt. Das wurde lange nicht bemerkt. Lediglich ein Betreuer, der ständig hinter die Werkstatt ging um zu rauchen, hatte über Atemnot geklagt und bekam einen seltsamen Ausschlag, der grauenhaft juckte. Maite hatte Marvin beiläufig und diffus davon erzählt. Auch er hatte damals gedacht, dass die Atemnot etwas mit dem Rauchen zu tun haben müsse. Und das mit dem Ausschlag hatte Maite vielleicht nicht richtig mitbekommen, wahrscheinlich hatte der Betreuer einfach nur starke Akne. Schliesslich wurden immer mal wieder ein paar junge Buben eingestellt, die Zivildienst leisteten. Als dann aber nach einem Arbeitstag im Garten alle über Atemnot klagten und aussahen wie eine Gruppe Kindergartenkinder mit Spitzen Blattern, hätte man misstrauisch werden können. Erst der Apotheker wurde stutzig, als ein Betreuer den gesamten Vorrat an juckreizstillenden Salben kaufen wollte. Schnell war die Ursache

gefunden: Es waren die Brennhaare der Prozessions-
spinnerraupen. Später las man in der Zeitung, dass die
Nase des Betreuers dem Apotheker zusätzlich half beim
Stellen der Diagnose, sie musste offenbar wie eine über-
grosse Himbeere ausgesehen haben. Die Werkstatt
wurde für eine Woche geschlossen. Und die Feuerwehr
entfernte die Nester der Prozessionsspinner. Es wurde
gemunkelt, dass auch die Feuerwehrmänner nach dem
Absaugen der Nester juckreizstillende Salben kauften.
Im Anschluss an diese Sache war die Werkstattleitung
besonders sensibel im Umgang mit geklagter Atemnot
und Ausschlägen. Maite nutzte diese Unsicherheit für
sich – solange sie konnte. Dass sie da derart den Durchblick hatte, war seltsam oder vielleicht einfach nur Zufall. Sie klagte dann und wann über schlimmes Asthma
und untermauerte ihre Klage mit überzeugendem Gerö-
chel. Die Werkstattleitung schickte daraufhin alle nach
Hause, schloss die Bude und alarmierte die Feuerwehr.
Maite und ihre Arbeitskolleginnen und Kollegen kamen
so zweimal zu einem arbeitsfreien Tag und die Feuerwehrmänner zu einer effekthaschenden Ausfahrt mit
Blaulicht und Martinshorn. Beim dritten Mal malte sich
Maite ziemlich stümperhaft mit einem Filzstift rote
Punkte ins Gesicht und auf die Arme. Der Schwindel
flog auf. Es wurde überlegt, ob Maite die Kosten für die
Feuerwehr, welche zweimal vergeblich antanzte, zu
übernehmen hätte. Da aber nicht sie, sondern die Werkstattleitung die Feuerwehr gerufen hatte, kam Maite mit

einem blauen Auge davon. Sie musste allerdings als einzige die ergaunerten Freitage an zwei Samstagen nachholen, was nicht nur sie, sondern auch ihre damalige Betreuerin stinkig machte. Dieser Waldrand war also alles andere als unschuldig und schon gar nicht vollkommen.

Weisst du noch, welcher mein Arbeitsplatz ist? fragte Maite. Marvin drehte sich zu ihr um. In diesem riesigen Raum standen früher die Herzstücke der Weberei, die Webmaschinen. Jetzt befanden sich darin viele Werkbänke, eine grosse Tischkreissäge, eine Bandsäge, eine Hobelmaschine, eine Schleifmaschine und mehrere Werkzeugschränke. Es war alles da für einfache Holzbearbeitungen. Natürlich wusste Marvin noch, an welcher Werkbank Maite normalerweise arbeitete. Abgesehen davon war es nicht so schwierig den richtigen Platz zu erraten. Es war der unordentlichste Platz von allen. Offensichtlich wurde im Werkstattbereich auf Authentizität gesetzt, es wurde nicht aufgeräumt, nichts geschönt, auch nicht an einem Tag wie diesem. Was eigentlich für die Institution sprach. Auf und unter der Werkbank lagen leere Verpackungen von Linzertörtchen, welche Maite regelmässig aus dem Snackautomaten der Kantine bezog. Anhand der Ablaufdaten auf den leeren Verpackungen hätte man vermutlich eruieren können, wie lange Maite schon an diesem Platz arbeitete. Zwischen den Verpackungen sah man Schraubenzieher, Zangen, Feilen, Schleifpapier und sogar eine Akkubohrmaschine. Irgendwo dazwischen stand auch eine gerahmte

Fotografie: Wahrscheinlich Maite Kelly in edler Abendrobe. Der Kopf allerdings war überklebt mit einem alten Schwarzweisspassfoto. Das Passfoto zeigte Maite mit Zylinder. Er stellte sich vor ihre Werkbank und zeigte darauf. Maite war sichtlich stolz darauf, dass er ihren Arbeitsplatz wiedererkannte. Auf der Ablagefläche unter Maites Werkbank lag ein fertiger Nistkasten für Höhlenbrüter. Maite nahm den Kasten und stelle ihn auf die Werkbank. Das ist der Kasten, von dem ich dir erzählt habe. Sogar Marvin, der eigentlich kein Auge dafür hatte, konnte sehen, dass das Loch im Verhältnis zur Kastengrösse viel zu gross war. Der, abgesehen vom Einflugloch, sorgfältig geschaffene Nistkasten roch angenehm nach Fichtenholz. Marvin stellte den Kasten auf die Rückwand und versuchte sein Bierfläschchen in das Einflugloch zu stellen – und tatsächlich: Es passte genau. Und sonst wäre das der perfekte Bierkasten, witzelte er. Maite fragte ihn, ob er ihr den Kasten nicht abkaufen könne; im Webshop würde ihn niemand kaufen wollen, weil er nicht der Norm entspreche. Würdet ihr über den Onlineshop Scherzartikel feilbieten, wäre dieser Kasten ruckzuck weg, zog er sie auf. Maite verstand nicht – verstand aber, dass er sie hochnahm und boxte ihn in den Oberarm. Marvin schrie kurz auf, hielt sich die Schulter und beklagte die Unverhältnismässigkeit; schliesslich sei sein Vorschlag nicht nur abwegig. Das Einflugloch pfeife ja tatsächlich aus dem letzten Loch. Was sie denn dafür haben wolle. Maite machte ein ernstes Gesicht und zog die Augenbrauen stark nach unten; ihre Augen verschwanden und die Zornesfalte schrie beinahe nach Botox. Marvin kannte dieses Gesicht. Maite versuchte nachzudenken. Siebzig, gab sie trocken zurück. Das sei ja Wucher für das bisschen Fichtenholz, empörte er sich gespielt. Recht gekonnt, wenn auch mehrheitlich nachgeplappert, erklärte sie ziemlich theatralisch, dass es sich bei dieser Werkstatt um eine soziale Institution handle. Mit dem finanziellen Beitrag würde er, Marvin, nicht nur die eigentliche Arbeit bezahlen, sondern selbstverständlich auch seiner sozialen Verpflichtung nachkommen. Und heute gibt es Bier und Würste, gratis! schloss sie ihre Argumentationsreihe. Die letzten beiden Argumente entsprangen deutlich Maites Geist und waren den vorangegangenen mindestens ebenbürtig. Aufgrund seiner aktuellen Situation würde Marvin vermutlich bald genauso auf den Sozialstaat angewiesen sein. Und eigentlich hatte er kein Geld für einen Scherzartikel-Bier-Nistkasten. Das Maite erklären zu wollen, hätte eine Engelsgeduld vorausgesetzt, die letztlich nur mickrige Rosen gebracht hätte. Marvin liess es bleiben, ärgerte sich aber heimlich darüber, dass stets der Allgemeinheit die soziale Verantwortung aufgebürdet werde. Irgendwie wollte ihm diesbezüglich die fehlende Bereitschaft der Wirtschaft nicht einleuchten. Wieso waren Grosskonzerne nicht in der Lage, Menschen, die aus irgendwelchen Gründen durch die Maschen der Gesellschaft fielen,   aufzufangen   beziehungsweise einzustellen? Stattdessen werden Institutionen gegründet, die Witzprodukte herstellen und diese zu einem Phantasiepreis den Gutmütigsten andrehen, die sich dann auch noch darüber zu freuen haben. Geradeso wie sich Eltern zu freuen haben, wenn sie von ihren Kindern zum Geburtstag, zu Ostern und zu Weihnachten wieder und wieder irgendeine gebastelte Scheisse aus der Schule geschenkt bekommen. Das sind keine echten, selbstinitiierten Geschenke, und genauso unecht und fremdbestimmt ist die Freude der Eltern. Marvin drohte abzuschweifen. Er nahm den misslungenen Nistkasten in die Hände und betrachtete ihn von allen Seiten. Der Kasten war ganz okay – das war eine Kinderzeichnung auch und dennoch stellte sich zwangsläufig die Frage nach dem Nutzen. Marvin wurde unsicher. Waren seine Ansichten in Bezug auf die soziale Verantwortung zu einseitig? Vielleicht haben Grossaktionäre börsenkotierter Pharmariesen haufenweise Nistkästen in ihren Garagen? Neben Jaguar, Porsche und gewissenberuhigendem Tesla standen möglicherweise Palletten mit Nistkästen. Wer weiss das schon? Aber vielleicht standen da auch nur die fetten Schlitten und die Nistkästen blieben den gutmütigen Normalos aus Mittel- und Unterschicht vorbehalten, die Jahr für Jahr weitere Nistkästen in ihre Gärten hängten. Die Kohlmeisen bekämpften sich schon gegenseitig, weil ihre Wohnungen zu nahe nebeneinander lägen. Den Rest finanzierte der Wohlfahrtsstaat mit Steuergeldern. Marvin entschied sich den

Nistkasten zu kaufen. Er wusste noch nicht so recht, ob er ihn tatsächlich als Bierkasten nutzen oder auf seiner Terrasse aufhängen wollte. Er versprach Maite, ihr den geschuldeten Betrag am Abend auszuhändigen, im Moment habe er nicht soviel Geld dabei. Maite war happy, umarmte ihn und drückte ihr Gesicht dabei in seinen Bauch. Sie sagte etwas, das Marvin nur schlecht verstand. Es hörte sich an wie 'Elstern tränken', was wenig Sinn machte. Erst etwas später begriff er, dass sie meinte, er solle den Kasten seinen Eltern schenken. In der Tat eine grossartige Idee. Sie würden sich darüber freuen müssen, war sich Marvin sicher.

Maite erklärte ihm sämtliche Maschinen, welche sie zur Herstellung der Nistkästen benötigte. Marvin hatte seinen neu erstandenen Kasten unter den Arm geklemmt, sein Bierfläschchen stand im Einflugloch. Da er Maites Ausführungen schon vom letzten Jahr kannte, hörte er ihr nur halbherzig zu, gaukelte aber vor, mit ganzem Herzen dabei zu sein. Er glaubte, dass sie das durchschaute, aber es schien sie nicht zu stören. Sie durfte die Maschinen gar nicht alleine benutzen; meist arbeiteten die Betreuerinnen und Betreuer an den Maschinen und Maite durfte im besten Fall assistieren. Das wusste sie. Und er wusste es auch. Dennoch gab sich Maite grosse Mühe, Marvin alles zu zeigen und schien es zu geniessen, ihn für sich allein zu haben. Ihre Informationen zur Nutzung der Maschinen bezogen sich vor allem auf Sicherheitshinweise: Wo befanden sich die

Notfallstoppknöpfe? Wo sollten die Hände möglichst nicht sein, wenn das Sägeblatt der Kreissäge bedrohlich zischt? Das Gleiche galt auch für Arme, Kopf und sogar Beine – für Marvin ziemlich einleuchtend. Dass Maite nicht auch noch darauf hinwies, dass man sich bei laufender Maschine nicht bäuchlings auf den Tisch der Kreissäge legen sollte, war verwunderlich. Aber vielleicht tat sie das sogar und Marvin war einfach nicht ausreichend bei der Sache. Aus dem Augenwinkel sah er Niemand am Waldrand stehen. Er schaute genauer hin. Wenn er Niemands Körpersprache richtig las, teilte diese Unsicherheit mit. Maite sah ihn nicht. Sie spielte vor, was passieren würde, wenn man sich nicht an die Sicherheitshinweise hält. Das Spritzen des Blutes wurde von ihr mit Hingabe vertont; es sollte möglichst realitätsnah wirken. Die Geräusche, die sie dazu machte, hätten auch wunderbar zu einer Szene gepasst, bei der jemand Ketchup aus einer Tube drückte. Bei Marvin meldete sich der knurrende Magen. Er beklatschte Maites Inszenierung und sie zeigte ihm zum Abschluss, wo sich die Notfallapotheke befand. Inzwischen stand niemand mehr am Waldrand. Marvin machte Maite gerade darauf aufmerksam, dass die Desinfektionsflüssigkeit der Notfallapotheke schon vor zwei Jahren abgelaufen war, als der Betreuer Jonas in die Werkstatt stürmte. Er schien ziemlich gestresst und erklärte luftholend, dass der Penner, der manchmal hier mithelfe, den Getränkestand zu plündern versuche. Er liesse sich auch nicht davon abhalten, nervte sich Jonas. Maite müsse kommen und dabei helfen, den Störenfried aus dem Innenhof zu bringen, sonst seien bald alle Gäste weg. Wer betreut hier eigentlich wen? fragte sich Marvin schon zum zweiten Mal innert weniger Stunden.

Jonas nahm Maite mit, die schwere Tür schloss sich hinter ihnen und Marvin blieb alleine zurück in der Werkstatt. Er nuckelte an seinem Bierfläschchen herum und überlegte, wie er an Niemands Stelle reagieren würde. Wenn komplett unterschiedliche Lebensgestaltungen aufeinanderprallten, die sich nur auf Distanz ertrügen. Erschreckenderweise kannte er dieses Szenario nur zu gut. An seiner alten Arbeitsstätte erging es ihm ähnlich, nur, dass er da nicht noch Gratisbiere herausschlagen konnte. Die Erinnerung an seinen alten Job nährten Ressentiments. Und er hätte deshalb den Laden an Niemands Stelle gerne auseinandergenommen. Nun, zum Glück war er nicht Niemand. Und selbst wenn, wäre mit grosser Sicherheit lediglich der Wunsch der Vater des Gedankens geblieben. Marvin war sich dessen bewusst, was ihn zusätzlich ärgerte. Er stellte sich vor, mit seinem ehemaligen Chef alleine in dieser Halle zu stehen, Band- und Tischkreissäge, Hobel- und Schleifmaschine liefen. Der Chef würde winselnd seine Hände in Unschuld zu waschen versuchen, was Marvin aber aufgrund des Maschinenlärms nicht hören könnte. In welcher Reihenfolge hätte er wohl die Sicherheitshinweise missachtet? Die Schleifmaschine wäre in diesem

Zusammenhang möglicherweise seine erste Wahl gewesen. Er ging davon aus, dass damit der Tod relativ schwer herbeizuführen wäre und das Leiden entsprechend Raum eingenommen hätte. Er sah sich, den Kopf seines Chefs in den Händen haltend, vor der Schleifmaschine; das Schmirgelband war schon fleckig rot. Er schauderte bei diesen Gedanken, leerte sein Fläschchen, stellte es zurück in den Nistkasten und diesen auf eine Werkbank. Dennoch ging er zur Schleifmaschine und strich mit den Händen über das körnige Schmirgelband. Sein Blick suchte den Notfallstoppknopf. Das Schmirgelband liess sich auch von Hand zum Laufen bringen. An der Nahtstelle erkannte er, dass bereits eine Runde geschafft war. Er strebte Runde Zwei an. Draussen sah er Maite und Niemand, wie sie einen Harass Bier an den Waldrand schleppten. Es sah aus, als ob sie ihn erfolgreich davon überzeugen konnte, die Gäste im Innenhof von ihren Unbehaglichkeiten zu befreien. Gut, sie hatte ihn einfach bestochen, aber das offenbar mit Erfolg. Die Hornhaut an seinen Händen war spürbar abgeschmirgelt und als Marvin mit den Daumen über die Fingerkuppen fuhr, merkte er, wie empfindlich diese waren. Er entschloss sich, dem Verstossenen und seiner Assistentin Gesellschaft zu leisten, schliesslich galt es einen ganzen Harass Bier zu bewältigen.

Marvin klemmte seinen Nistkasten wieder unter den Arm und ging nach draussen. Als er sich dem Waldrand näherte, sassen die beiden gemütlich auf einem liegenden Baumstamm, zwischen ihnen am Boden der Harass, über ihnen das schützende Blätterdach der Stieleichen. Niemand schien Marvin auf den ersten Blick nicht wiederzuerkennen, seine Augen wichen ihm unruhig aus. Vielleicht befürchtete er, wieder nicht willkommen zu sein. Marvin streckte sein Vogelhäuschen mit Bierfläschchen hin und erklärte, dass sein Kasten bedauerlicherweise leer sei, sein Durst aber noch schreie. Maite nahm freudig eine volle Flasche Bier aus dem Harass und suchte durch Blickkontakt nach Niemands Einverständnis. Der aber schaute vor sich ins Leere. Deine Gesellschaft würde uns freuen, sagte er völlig unerwartet. Marvin war erstaunt über diese Förmlichkeit, nahm die Bierflasche und setzte sich neben Niemand auf den Baumstamm. Er öffnete die Flasche mit Hilfe des Nistkastens, indem er den Kronkorken am inneren Rand des Einfluglochs und den Flaschenhals diagonal am äusseren Rand des Loches positionierte; er drückte die Flasche mit einem Ruck Richtung Kasten. Der Kronkorken schepperte im Innern. Der Rand des Einfluglochs hatte nun aussen eine Delle und innen konnte man den Abdruck dreier Kronkorkenzähne sehen. Marvin fand, dass das Vogelhäuschen an Charakter gewonnen habe, prostete den beiden zu und nahm einen gehörigen Schluck. Er hoffte, damit die fiktive Foltertat an seinem ehemaligen Chef runterspülen zu können. Die Chance, dass diese Methode tatsächlich Früchte trug, war verschwindend klein und das wusste er. Die

Anwendungshäufigkeit der bierseligen Bewältigungs-
methode nahm kontinuierlich zu und Marvin fragte
sich, ob ihm, genau wie Niemand, die Körperhygiene irgendwann schnuppe würde und er nur noch dem Alkohol nachjagte. Vielleicht stünden sie beim nächsten Tag
der offenen Tür auch zu zweit fordernd am Getränkestand bis Maite käme und sie mit Harassen bestäche.
Lange sassen sie da und tranken ein Bier nach dem anderen. Irgendwann fragte Marvin, was er mit der Blindschleiche gemacht habe. Ich habe sie nach Hause gebracht, war Niemands Antwort. Wo das denn sei, wollte
Maite wissen. An einem Ort, an dem sie keinen Schaden
nehme. Ein bedachter Alkoholiker, ging es Marvin
durch den Kopf. Und dennoch: Niemands Körperhygiene fehlte, auch Marvin. Niemand wollte von Marvin
wissen, was er mache, wenn er eine Fliege in der Wohnung habe. Er bitte sie höflich, sich eine neue Bleibe zu
suchen, da er bereits andere Insekten beherberge; öffne
Fenster und Terrassentüre und hoffe, dass die Fliege seiner Bitte nachkomme. Wenn sie sich allerdings taub
stelle, müsse er andere Saiten aufziehen, was hin und
wieder in einem Desaster ende. Das Desaster sei dann
für die Fliege endgültiger als für ihn. Das tue ihm auch
leid, er tröste sich aber damit, dass die Fliege an seiner
Stelle genau gleich mit ihm verfahren würde, so nehme
er an. Wieso er das frage? Maite warf dazwischen, dass
sie Fliegen in ihrer Wohnung toleriere, solang sie nicht
nervten, ansonsten würden sie unverzüglich zu Brei

gehauen. Niemand nickte, als wollte er Maites Aussage beglaubigen und sagte gelassen: Na, weil alle nach einer intakten Natur schreien, die aber bitte angenehm sein soll, und wenn schon unangenehm, dann sicher nicht da, wo der urbane Mensch nächtigt oder Kaffee trinkt oder andere Sachen macht. Lieber irgendwo, wo die Menschen schon per se weniger haben und sind. Schliesslich sind diese Menschen erstens selber Schuld und zweitens haben sie geringere Ansprüche an ihre Umgebung. Dort soll es bitte intakte Natur geben. Aber nicht hier. Oder höchstens als Naherholungsgebiet, zu dem wir an Sonntagen mit unserem SUV aufbrechen. Diese Menschen zweiter Klasse sollen aber ja nicht nach den Sternen greifen beziehungsweise nach dem Feuerzeug, das ist nur uns erlaubt. Lästige Insekten aber sind ein unentbehrliches Element funktionierender Ökosysteme und genau die wollen wir doch – oder zumindest wird das von politischen Kräften so behauptet. Aber die Stechmücke, die uns anzapft, während wir abends auf dem Balkon gemütlich ein feines Glas Amarone della Valpolicella schlürfen, das finden wir dann schon unerhört. Schliesslich hat uns die Natur zu dienen und nicht umgekehrt. Wäre sie für uns nutzlos, wäre sie längst weg. Nichts ohne Nutzen wird neben uns toleriert, nichts wird um seiner selbst willen geschützt, und vor allem dann nicht, wenn es sowieso nervt. Während Niemands Moralpredigt schaute Marvin ihn an, sah aber sein Gesicht nicht, nur seine verfilzten, langen Haare, die sich beim

Sprechen leicht wiegten. Dieser Mann war ihm ein Rätsel. Wie er wohl ohne Alkohol argumentieren würde? Niemand sprach ihm aus der Seele. Wenn auch mit einer Bierfahne und wenig stringent. Als nächstes würde er vorrechnen, wie hoch die ökonomisch relevanten Leistungen unserer Ökosysteme seien – eine Perspektive, die an Absurdität kaum zu übertrumpfen war. Das Beispiel mit der Stechmücke gehe ihm dann doch zu weit, versuchte Marvin auf Niemands Rundumschlag zu reagieren. Einen Vektor potentieller Krankheitserreger könne er nicht ins Herz schliessen, das sei beim besten Willen zu viel verlangt. Oder ob er schon einmal ein Reh gesehen habe, das einem geschundenen alten Wolf zwecks Artenschutzes seine Backen offerierte. Selbst wenn sich später bei der Obduktion herausstellen sollte, dass der Wolf längst keine Zähne mehr gehabt hätte und nur, um der alten Zeiten willen, ein bisschen an den Rehbacken hätte nuckeln wollen, würde das Reh in jedem Fall die Flucht ergreifen. Der Wolf sterbe sowieso und das sei aus der kleinkarierten Sicht des Rehs gewinnbringend. Und klar, sollten alle Wölfe ableben, steige für das Reh der Dichtestress und der Wald ginge vor die Hunde, was möglicherweise sogar beschissener sei, als als letzte Mahlzeit eines geschundenen Wolfes zu enden. Aber soviel Weitsicht könne er von einem Reh schliesslich nicht erwarten. Maite und Niemand sahen ihn verwundert an. Maite fragte, wo das Reh denn nun hin sei. Ob er sich als zahnloser Wolf fühle, legte Niemand amüsiert nach.

Und, er habe durchaus schon Bilder gesehen, auf denen sich Raubtiere und deren Futter prächtig verstünden. Allerdings seien solche Bilder vorwiegend auf Prospekten zu finden, die überzeugende Botschaften der Überzeugten enthielten. Und Spiritualität oder sogar Religion sei in diesem Zusammenhang wenig hilfreich – im Gegenteil, 'dominium terrae' oder so. Ihr seid doch Deppen! gab Marvin zurück und gorpste. Der Alkohol begann sein Hirn zu annektieren und seine Harnblase meldete sich auch. Marvin nahm dennoch einen zweiten Anlauf: Angenommen, es stellte sich heraus, dass die Bierproduktion die Umweltsünde par excellence wäre, noch schlimmer als Flugzeugreisen und Kohlekraftwerke zusammen. Was würdest du tun? Das Problem ist die krebsgeschwürige Art des Menschen und nicht das Bier! reagierte Niemand postwendend. Er setzte dafür nicht einmal die Bierflasche ab, sondern redete in sie hinein, als wäre sie ein Sprachrohr. Et voilà, hier haben wir nun also den tief verankerten Reflex! Und den im Kollektiv überwinden zu wollen, egal, ob unbedingt, konditioniert, tradiert oder vielleicht sogar sozialisiert, scheint mir unmöglich. Diese hochtrabende Einsicht bringt nichts und niemandem etwas, sagte Niemand und zeigte dabei mit dem Flaschenhals zuerst auf Maite und danach auf sich selber – er zeigte auf Nichts und Niemand. Mag sein, murrte Marvin, stand auf und seichte an die nächstbeste Eiche. Eine bessere Abgangserklärung habe er im Moment leider nicht auf Lager. Maite

musste ebenfalls und begab sich hinter einen schützen-
den Weissdorn. Der Weissdorn versprach plätschernd,
dass er beim Fliegen nie mehr Bier bestellen werde. Oder
allenfalls aber sicher nur ein Kleines.

Marvin öffnete mit seinem Nistkastenflaschenöffner
die nächste Runde und reichte den anderen beiden ein
volles Fläschchen, während er sinnierte. Wo stünde Niemand wohl in seinem Leben, wenn es die Gesellschaft,
an der er gerechtfertigt Kritik übte, so nicht gäbe? Das
Pendel hätte in verschiedene Richtungen schlagen können. Diese Gesellschaft machte ihn zu dem, der er war
oder half zumindest mit. Sie liess ihn leben und trug ihn
sogar, auf eine besonders perfide Art und Weise. Sie war
die Basis seiner Sucht. Ob sie auch der Grund dafür war?
Liess sie ihn nur leben, weil ein schlechtes Gewissen wie
eine Dunstwolke über der ganzen opportunistischen
Bande schwebte? Und er nie lernte, opportunistisch zu
sein? Vielleicht war Niemand gar nicht unzufrieden mit
seinem Leben und möglicherweise sogar der grösste Opportunist von allen? Der Harass Bier neben ihm liess
Raum für Spekulationen. Und nur borniere Mitglieder
dieser Gesellschaft fänden, dass er den Wunsch hegen
müsste, genauso leben zu wollen wie sie. Marvin mochte
diesen randständigen Säufer und fragte sich, ob das aus-
gelassene Gespräch nur möglich war, weil das Verlangen nach Alkohol für den Moment gestillt werden
konnte. Er hätte gerne mehr von ihm erfahren, zierte sich
aber zu fragen. Maite hingegen war ein sicherer Wert.

Sie fragte Niemand, wie es beruflich so laufe. Niemand stieg darauf ein, er hatte sogar sichtlich Spass daran. Im Moment sei es ziemlich intensiv. Auch wenn er nur ein kleines Rädchen des gesellschaftlichen Gewissens sei, so habe er doch ordentlich zu tun. Er käme hin und wieder an seine Grenzen und müsse sich dann dazu anhalten mehrere Gänge runterzuschalten und erst einmal ein Bier zu trinken. Maite nickte, es schien ihr einleuchtend. Ob das eine anspruchsvolle Ausbildung sei bis zum kleinen Rädchen, wollte Maite weiter wissen. Der Weg dahin sei nicht so schwierig, es brauche nur eine Handvoll falscher Entscheidungen. Allerdings sei es ein Fulltimejob und die Bezahlung miserabel, er würde davon abraten, ausser sie fühle sich dazu berufen. Und bevor sie frage, die fehlende Körperhygiene gehöre dazu, wolle man in diesem Business ausreichend Platz haben, brauche es einen ausgeprägten Körpergeruch, den er selber allerdings nicht mehr wahrnehme. Marvin traute sich nun doch und versuchte in der gleichen Weise weiterzufragen: Ist das deine Zweitausbildung? Was hast du vorher gemacht? Daran kann ich mich nicht erinnern, antwortete Niemand. Sein Gesicht wirkte auf einmal wie ein vergessen gegangener Apfel, der ohne Umschweife kompostiert würde – unsagbar schrumpelig. Er wisse nur, dass selbst der stolzeste Adler als Ei beginne. Blöd sei nur, wenn man das zweite, jüngere Ei sei, vor allem bei Nahrungsknappheit. Maite verstand nicht ganz und fragte nach. Wenn die Nahrung knapp wird, tötet das ältere Küken das jüngere, erklärte Marvin, Kain killt halt Abel. Oh, die hätten doch teilen können, meinte Maite, anstatt eines fetten Vogels, wären dann zwei normaldicke im Nest. Da könnte was dran sein, vermutete Niemand. Es gebe ja tatsächlich viele fette Vögel in gemachten Nestern. Er rutschte etwas nach hinten, liess sich nach unten auf den moosigen Waldboden sinken und platzierte seine Füsse auf dem Baumstamm. Dann schlug er die Hände hinter dem Kopf zusammen und schloss die Augen. Es sah bequem aus und deshalb imitierte ihn Maite. Marvin, dem langsam der Alkohol zu schaffen machte, erhoffte sich Linderung durch eine kleine Mahlzeit. In seinem Zustand schienen die krebsig verkohlten Würste vom Grill ziemlich attraktiv. Er hole sich etwas zu essen, rief er beim Gehen, ob er etwas mitbringen solle. Es kam keine Antwort.

Auf dem Weg zum Gebäude merkte Marvin, dass er nicht mehr ganz sicher war auf den Beinen. Abgesehen von Menschen, die ihn sehr gut kannten, würde das aber niemand bemerken, war er sich sicher. Als er den Torbogen zum Innenhof passierte, surrte es in seinem Hosensack. Auf dem Display stand: Frau Meier. Hallo Mama, wie geht es dir? begann Marvin das Gespräch. Bist du etwa betrunken? hörte er am anderen Ende seine Mutter fragen. Also ehrlich! Es ist noch nicht einmal vier Uhr. Wie weit bist du mit der Stellensuche? Marvin nahm sein Mobiltelefon vom Ohr, schaute erneut auf das Display und murmelte: Tschüss, Frau Meier. Dann drückte er sie mit dem Daumen weg. Daraufhin ärgerte er sich still, gab er doch seinen Eltern ungeschickt Zunder gegen ihn. Der Zunder führte nicht selten zu einem Flächenbrand, zurück blieb meist ein ordentliches Stück verbrannter Erde, das sich nur sehr langsam erholte. Unglücklicherweise war der Zunder genauso Kitt. Sie stellten sich bei Meinungsverschiedenheiten stets in corpore gegen ihn – zumindest darauf war Verlass. Eine nahezu verlässliche Konstante, an der sich Marvin in seiner aktuellen Lebenslage sogar zu halten versucht sah. Vielleicht, dachte er, muss ich gegen meine Eltern ja tatsächlich ins Gefecht. Die permanente Defensive, die er einnehmen müsste, könnte helfen, die Richtung seiner Reise herauszufinden. Es bestünde allerdings auch die Gefahr, dass er aus einem solchen Disput als angeschossenes Tier hervorginge, was er gerade im Moment nur schwer ertragen könnte. Das eine schliesst das andere ja nicht per se aus, sprach er sich Mut zu. Aber heute ist noch nicht Zeit dafür. Heute nicht. Er stellte bei seinem Mobiltelefon die Vibration aus, nun war es nicht nur lautlos, sondern auch bewegungslos. Es fühlte sich gut an. Er steckte das Telefon wieder in den Hosensack. Die verkohlten Bratwürste waren verschwunden und die Betreuerin Anna stand wieder hinter dem Grill. Die neuen Würste sahen gut aus. Anna tat so, als kannten sie sich nicht. Marvin fand das Verhalten zwar seltsam, stieg aber darauf ein. Es war konfliktlos, spannungslos – angenehm. Er fragte sie, ob es unhöflich wäre, wenn er zwei Würste verlangte. Das sei kein Problem, antwortete sie, der Kühlschrank sei noch proppenvoll mit toten und in Form gebrachten Tieren und sie glaube nicht, dass heute alles wegkäme. Sie wirkte angeschlagen, als sie ihm mit der Grillzange eine Kalbs- und eine Bauernbratwurst auf den weiss beschichteten, viereckigen Kartonteller legte. Brot, Senf und Ketchup habe es nebenan auf dem Tisch, sagte sie freudlos. Marvin entschied sich für viel Senf, stellte sich anschliessend mutig vor die Bühne und ass. Die Würste waren innen noch kalt. Marvin schenkte diesem Umstand keine Aufmerksamkeit, sein Hunger war zu gross. Die Band versuchte sich mit einer Coverversion von 'Knockin' on Heaven's Door'. Wäre er Axl Rose gewesen, hätte er dem Sänger wohl mit den Würsten versucht das Maul zu stopfen; es war unterirdisch. Nun, eigentlich ein stimmiges Bild: Zu schlecht gebratenen Würsten passte schlecht gespielter Rock, und seine Verfassung passte da gar nicht so schlecht dazu. Es war ihm klar, dass eine Band, bestehend aus Betreuern und Betreuten, keine perfekte musikalische Leistung abzuliefern im Stande war. Aber es fehlte ihm in diesem Moment an Grosszügigkeit. Und er dachte kurz darüber nach, sie auszubuhen. Es ist ja gut und recht, dass man zusammen musiziert, dachte er, aber damit unbescholtene Bürgerinnen und Bürger zu belästigen, fand er schlicht anmassend. Schlagzeuger, Gitarrist und Sänger schienen sich eher zu bekämpften, als dass sie miteinander rockten. Er stopfte die halbe Kalbsbratwurst in den

Mund, kaute zum Rhythmus und bewegte seinen Kopf dazu auf und ab.

Marvin spürte eine Hand auf seiner Schulter. Gut, nicht? hörte er eine laute Stimme schräg hinter sich sagen. Er drehte sich um und da stand Anton. Der hatte ihm gerade noch gefehlt. Anton war etwa gleich alt wie Marvin, lang und dünn, hatte dunkelbraune, fädige Haare und ein Gesicht, das man sofort wieder vergass, weil sein Kehlkopf mordsmässig gross war. Marvin schaute ihm so gut wie nie in die Augen, sondern immer nur auf den Kehlkopf. Dieser sprang und hüpfte, wenn Anton sprach oder lachte. Marvin glaubte sogar, dass der Kehlkopf selbst dann in Bewegung war, wenn Anton nur zuhörte. Auch hatte er sich einmal gefragt, was mit Antons Erscheinungsbild passieren würde, wenn dieser einen Rollkragenpullover trüge. Marvin sah ihn nie mit Rollkragenpullover und in der Firma nannten ihn alle nur 'Kehlköpfchen'; natürlich nur, wenn Kehlköpfchen es nicht hören konnte. Marvin konnte mit Kehlköpfchen nie sehr viel anfangen, er urteilte ihm zu schnell. Er gehörte zu jenen Menschen, die einen Coiffeur mit Glatze per se für einen schlechten Berufsmann halten. Zudem glaubte Marvin, beim voreiligen, schubladisierenden Denken seines ehemaligen Arbeitskollegen schlecht wegzukommen; das störte ihn. Was machst du hier? wollte Marvin fragen. Da er aber noch den Mund voller Wurst hatte, brachte er nur ein undeutliches Gebrabbel hervor. Anton lachte schallend, sein Kehlkopf hüpfte vor

Vergnügen: Was möchtest du mir sagen? Die Band ist super! Findest du nicht auch? Marvin nickte bescheiden und schluckte das Zerkaute. Er fragte Anton erneut und nun deutlicher, was er hier mache. Siehst du den tollen Gitarristen da oben? Das ist mein Sohn, erklärte Anton. Das väterliche Pflichtgefühl ist es also, das die Realität unangebracht verzerren lässt. Anton erzählte weiter, dass sein Sohn erst seit einigen Monaten in der betreuten Werkstatt arbeite, zuvor sei er in einer anderen Firma tätige gewesen und habe da in der Logistik mitgeholfen. Aber das sei dann irgendwann nicht mehr gegangen. Sein Sohn sei nicht mehr klargekommen mit dem ständig schneller werdenden Arbeitstempo und den sukzessiv steigenden Anforderungen. Er habe dann noch versucht, ihn bei Esculus zu beschäftigen, aber das ging auch nicht. Er wisse ja selber wie Urs sei, Umsatz und Gewinnmaximierung kämen an erster Stelle und dann käme ganz lange nichts mehr. Und das bei einem Geschäft, das sich die Nachhaltigkeit auf die Fahne geschrieben habe. Aber seinen Sohn zu beschäftigen, werde halt nicht als lohnend angesehen, der komme der nachhaltigen Gewinnmaximierung in die Quere. Kehlköpfchen wirkte für einen kurzen Moment etwas frustriert, fing sich aber sofort wieder. Seit der Sohnemann aber hier angefangen habe, ginge es ihm gut und das sei schliesslich die Hauptsache. Und dass er ein riesiges Musiktalent sei, habe er, Marvin, ja bestimmt schon wahrgenommen. Marvin konnte und wollte nichts dazu sagen und biss stattdessen noch einmal ein grosses Stück Bauernbratwurst ab. Während er ass, ergänze Anton: Der begnadete Gitarrist heisst übrigens Toni, also eigentlich Anton Junior. Kehlköpfchen Junior also. Und begnadet ist da lediglich die bedingungslose Zuneigung des Seniors, aber das immerhin. Ob er auch mit dem Velo gekommen sei, fragte ihn Anton Senior. Marvin schüttelte den Kopf, er wusste, was jetzt folgen würde und er hasste es. Kehlköpfchen war ein begeisterter E-Mountainbiker und tat diese Begeisterung bei jeder Gelegenheit kund. Marvin hatte das nie verstanden und versuchte, ihm dieses Mal die Gelegenheit nicht zu geben. Er drehte sich Richtung Bühne, nahm das letzte, viel zu grosse Stück Bauernbratwurst in den Mund und wippte mit dem Oberkörper zur Musik. Anton wippte mit. Die Band spielte einen weiteren Coversong, im Ursprung vermutlich die Rolling Stones, sicher war er sich aber nicht – auch nicht, ob man das Gespielte überhaupt Musik nennen durfte. Sänger, Schlagzeuger und Gitarrist hatten unterschiedliche Spieltempi zu bieten. Der Bassist schien wankelmütig, schloss sich manchmal dem Schlagzeuger, dann wieder dem Gitarristen und hin und wieder auch dem Sänger an. Marvins Wippen solidarisierte sich mit dem flatterhaften Tempo des Bassisten und änderte sich deshalb ab und an. Anton versuchte – gezwungenermassen – den Rhythmus seines Sohnes an der Gitarre abzunehmen. Es fehlte ihm jedoch das Gefühl, sich zur Musik zu bewegen und Marvin glaubte, dass für die fehlende Musikalität des Gitarristen genetische Komponenten verantwortlich sein müssten. Aber vielleicht war Toni für Anton ja wirklich ein begnadeter Musiker – nicht nur verzerrt gespielt – sondern wirklich. Das wäre wünschenswert.

Die unkritische Begeisterung von Kehlköpfchen bezüglich der elektrisch unterstützen Velofahrerei war Marvin während der Arbeit bei Esculus schon mächtig auf den Sack gegangen. Er konnte tagelang davon erzählen. Gegenargumente prallten einfach an ihm ab, er schien immun dagegen. Marvin fand die elektrische Unterstützung einfach nur ein weiterer Grund, nicht Velo zu fahren. Mit gefühlter Überschallgeschwindigkeit durch die Natur zu rasen, schien ihm eine wenig anstrebenswerte Freizeitbeschäftigung. Dann auch noch mit Nachhaltigkeit zu argumentieren, fand er sogar dumm. Eigentlich war es einfach nur ein weiteres Spielzeug, das Energie benötigte. Irgendwie doch ein Trugschluss zu glauben, dass das Erlebte durch Beschleunigung eine Qualitätssteigerung erführe. Der Wunsch nach effizienter Freizeitbeschäftigung – was für eine Scheisse. Er verstand auch nicht, weshalb Menschen mittleren Alters oder älter permanent im anti-aging Modus waren. Was war so falsch daran, im fortgeschrittenen Alter auf einer Bank vor dem Haus zu sitzen, den vorbeirennenden Kindern zuzuwinken und mit Genugtuung festzustellen, dass man sein Möglichstes getan hatte? Stattdessen wird dem nahenden Ende permanent der Mittelfinger gezeigt. Man rast elektrisch unterstützt durch Strassen und auf Berge, um noch soviel wie möglich aus dem Leben herauszupressen. Und merkt dabei nicht, dass es längst das Leben ist, das an einem vorbeirast. Und dann kommt das Ende doch, und es kommt abrupt in Form eines Oberschenkelhalsbruches, von dem man sich nie wieder so richtig erholt. Und es ist dann plötzlich das Leben, das einem den Mittelfinger zeigt. Und man realisiert, dass die eigenen Reflexe sehr gut dafür gereicht hätten, um vor dem Haus auf einer Bank zu sitzen, leider aber nicht für die Bremswege handelsüblicher Elektrovelos. Für diese Einsicht wird es dann allerdings zu spät sein und man hofft, dass das Ende bald kommen möge. Das Ende aber zeigt sich vielleicht trotzig und pfeift auf diese Hoffnung. Und man verbringt seine letzten Tage nicht draussen auf der Bank vor dem Haus, sondern damit, der Pharmaindustrie Sinn zu stiften. Am liebsten würde man ihr beide Mittelfinger gleichzeitig zeigen; leider fehlt einem dann aber die Kraft dazu. Und auf dem Grabstein wäre allenfalls ein letzter Ratschlag zu lesen: Ruhe ohne elektrische Unterstützung in Frieden. Sollte Marvin mit seinen letzten Ersparnissen zu gleichen Teilen in Aktienfonds für Elektromobilität und Healthcare investieren?

Anton stiess ihn an und sagte, er ginge sich ein Bier holen und ob er, Marvin, auch mitkäme. Marvin nickte und trottete hinter Anton her. Vor dem Getränkestand gab es inzwischen reichlich Volk, die beiden mussten sich gedulden. Mit je zwei Flaschen – pro Hand eine – setzten sie sich an das freie Ende einer Festbank. Sie prosteten übers Kreuz, zuerst mit der Flasche in der linken, dann mit jener in der rechten Hand. Bier verbindet temporär. Er mochte Kehlköpfchen wirklich nicht sonderlich, aber sie hatten offensichtlich einen gemeinsamen Nenner – unglücklicherweise. Dass ich dich hier treffe, hätte ich nicht erwartet, sagte Kehlköpfchen. Er nahm einen kräftigen Schluck aus der einen und einen noch kräftigeren aus der anderen Flasche. Sein Kehlkopf turnte heftig. Marvin tat es ihm gleich und realisierte sofort, dass eine Welle des Rausches über seinem zaghaft auftauchenden Verstand brach. Er empfing die Trunkenheit mit offenen Armen.

Ich finde es immer noch schade, dass du die Firma verlassen hast, nach so langer Zeit, begann Anton. Auch wenn ich deinen Posten übernehmen durfte. Dass du nicht ersetzt wurdest, ist allerdings unschön. Aber du kennst ja Urs – er optimiert Prozesse. Sag, wie lange hast du eigentlich für Esculus gearbeitet? Mein halbes Leben. Viel zu lange. Und dann warst du plötzlich weg, von einem Tag auf den anderen. Wieso? Seitens Leitung hiess es nur, du hättest Probleme. Und Urs teilte uns mit, dass du nicht wiederkommen würdest. Das war schon sehr seltsam. Hattest du ein Burnout? Oder bist du depressiv? Da war sie wieder, die einfache Welt des Kehlköpfchens. Wahrscheinlich befand Marvin sich schon längst in der Schublade 'psychisch gestört', die sich direkt neben der Schublade 'inkompetent' befand, aus der der glatzköpfige Coiffeur lugte. Er habe direkt nach seinem Studienabbruch bei Esculus angefangen; er sei bei der Gründung der Firma dabei gewesen, also sei er quasi ein Gründungsmitglied, auch wenn er stets ein kleiner Fisch gewesen sei und dies auch blieb. Zwölf Jahre meines Lebens habe ich dieser Firma geschenkt, zwölf vergebliche Jahre. Vergeblich seien diese Jahre sicherlich nicht gewesen, unterbrach ihn Kehlköpfchen. Esculus ist eine Erfolgsgeschichte und das weisst du. Urs begann damals praktisch ohne Kapital und heute ist die Firma eine gute Arbeitgeberin. Die Gewinne sind zwar moderat, ich glaube aber, dass sie jährlich steigen, oder stimmt das etwa nicht? Zudem hat Esculus einige Preise eingeheimst: Den Innovationspreis, den Nachhaltigkeitspreis, ein Preis für lokale Produktion und sogar eine Ehrung der Stadtregierung, weil die Firma dauerhaft Immigranten beschäftigt. Das ist doch einfach nur wunderbar! Genau bei dieser Firma will man arbeiten. Was stimmt bloss nicht mit dir? Jede Gesellschaft lechzt nach einem goldenen Kalb, konterte Marvin und trank Bier. Die Band war bei der Zugabe angelangt, sie versuchte den Song 'Let Love Rule' von Lenny Kravitz zu spielen. Eigentlich ein Hit. Auf der Bank sitzend zappelte Kehlköpfchen arrhythmisch zur Musik. Während er seinem Bewegungsdrang freien Lauf liess, gab er weitere, völlig unkritische Weisheiten von sich. Unter anderem: Es sei unsagbar idiotisch, einer solchen Firma den Rücken zu kehren. Der Sänger forderte die Gäste auf, ein letztes Mal mitzutanzen, danach nehme der Ohrenschmaus leider ein Ende. Zum Glück. Die Gäste auf Marvins Festbankseite folgten alle dieser Aufforderung, ausser Marvin. Die Sitzbank geriet aus dem Gleichgewicht. Marvin sah, wie das gegenüberliegende Ende der Bank in die Höhe schnellte. Er befürchtete, unsanft auf dem Boden zu landen, konnte sich aber in letzter Sekunde noch am Tisch festhalten. Es tönte stählern und hatte etwas Endgültiges, als das Metallgestell der Sitzbank auf dem Boden aufschlug. Für einen kurzen Moment stand Marvin in der Hocke, als wollte er ein Skirennen bestreiten und hielt sich am Tisch fest. Sein Kopf pulsierte, in seinen Ohren rauschte das Blut und er fühlte sich atemlos. Vorsichtig setzte er sich wieder hin. Klein Toni gab ein Gitarrensolo zum Besten, im Original wurde dieses Solo allerdings von einem Tenorsaxophon gespielt. Toni bemühte sich mit der Gitarre das Saxophon nachzuahmen. Dass er nicht auch noch versuchte, die Gitarre so zu halten wie ein Saxophon und in den Gitarrenkopf hineinzublasen, überraschte Marvin. Es klang fürchterlich. Marvin hielt sich die beiden Bierfläschchen so an die Ohren, dass die beiden Flaschenhälse wie kleine Hörner nach oben zeigten. Du Bierteufel! lachte ihn Anton aus. Die Fläschchen konnten Kehlköpfchen Juniors Solo leider nicht dämpfen. Marvin sah vor seinem inneren Auge mehrere Züge gleichzeitig in einen Bahnhof einfahren. Der Bahnhof war so angelegt, dass die Züge vor den Perrons eine enge Kurve fahren mussten. Es quietschte. Marvins Bahnhof war ein Kopfbahnhof, die Züge bremsten. Es quietschte wieder. Die Züge standen still im Kopfbahnhof, Tonis Solo fand ein Ende. Die Gäste klatschten und jubelten frenetisch. Es war ein übertriebener, schleimiger Jubel. Oder jubelten sie, gerade weil es endlich fertig war? Marvin war sich nicht sicher. Auf jeden Fall fand er es in diesem Moment unfair, dass so untalentierte Menschen derart ausgelassen gefeiert werden. Während Personen mit echten Fähigkeiten meist ein rauer Wind harscher Kritik entgegenweht, als gönnte man ihnen ihr Talent nicht. Das Ego des Schwachsinnigen hingegen wird durch schlangenzüngigen Zuspruch immer grösser – was durchaus seine Berechtigung hat. Daneben aber blieben die Fähigkeiten wahrer Talente klein und unscheinbar. Nimmt ein stupider Brotjob überhand, verkümmern die Fähigkeiten sogar im Knospenstadium. Zuspruch ist hier nicht zu erwarten, keinesfalls. War er also schon soweit gesunken? Konnte er den geistig Minderbemittelten nicht einmal mehr eine herzlich gemeinte Anerkennung zugestehen? Oder beneidete er sie gar um ihre Schwachsinnigkeit? Für sie war alles klar. Für sie wurde gesorgt. Die Gesellschaft kümmerte sich. Darauf hätte auch Marvin im Moment gerne Anspruch erhoben. Aber die Bezugssysteme waren nicht dieselben, weder für den Applaus nach einer erbrachten Darbietung noch für die gesellschaftliche Fürsorge. Er kam zum Schluss, dass das Gras auf der anderen Seite des Zauns halt immer grüner zu wachsen scheint. Dass er gegenwärtig Schwachsinnigkeit als grüneres Gras auf der anderen Seite bewertete, beelendete ihn. Er versuchte dem schlechten Gefühl mit Biertrinken Paroli zu bieten und prostete Anton motiviert zu. Die Bandmitglieder stiegen von der Bühne. Marvin sah, wie Toni suchend durch den Innenhof lief, er machte einen langen Hals, um über die Menge hinwegschauen zu können. Auch Kehlköpfchen Junior hatte einen übergrossen Kehlkopf. Ob fehlende Musikalität und mordsmässige Kehlköpfe zusammen vererbt würden? Marvin vermutete, dass diese beiden Merkmale erbguttechnisch gesehen Nachbarn sein müssten. Wahrscheinlich sogar Y-Chromosom gebunden, direkt neben dem Merkmal 'aufgeblasenes Ego', das meistens mit von der Partie ist, wenn die ersten beiden Merkmale in einem Individuum zur Ausprägung kommen. Natürlich gibt es auch sehr gute Musiker, die ein aufgeblasenes Ego zu bieten haben. Bei denen wäre Marvin allerdings noch nie ein übergrosser Kehlkopf aufgefallen. Toni und Anton begrüssten sich mit einer herzlichen Umarmung. Kehlköpfchen Junior holte nun auch noch seinen ganz persönlichen Applaus bei seinem Vater ab, der diesen sehr routiniert aus dem Ärmel zu schütteln wusste. In Marvins Rachenraum kam es zu einer spürbaren Kontraktion, er schämte sich dafür. Von aussen betrachtet, wirkte die Lobeshymne unnatürlich, das realisierten die beide nicht; vielleicht war es ihnen aber auch einfach

116

egal. Diese Art der Abgeklärtheit soll bei Menschen mit aufgeblasenen Egos hin und wieder anzutreffen sein. Kehlköpfchen Senior und Junior leisteten sich gegenseitig Gesellschaft, was Marvins Anwesenheit nicht mehr erforderlich machte. Ich muss meine Freizeit ja nicht unbedingt mit Menschen verbringen, die sich selber bescheissen, dachte Marvin, stand auf und verabschiedete sich mit den Worten: Das Leben ist ein liederlicher Irrtum! Macht's gut – Tschüss!

Hat ein Arbeitsloser überhaupt Freizeit? fragte er sich beim Gehen. Ein Arbeitsloser hat ja keine Arbeitszeit, somit entfällt die Antagonistin. Mit dem Verlust der Arbeit verflüchtigt sich auch die Freizeit. Ein ungerechtes Elend! Er wollte nach Maite schauen, musste aber zuerst auf die Toilette. Als er auf der Schüssel sass, bemerkte er ein beinahe unleserliches Gekrakel an der Toilettentür: Hast du Krümel in der Spalte, ist es Scheise und zwar alte. Ein wahres Wort, wenn auch nicht ganz richtig geschrieben. Alte Scheisse trage ich tatsächlich mit mir herum, murmelte er vor sich hin und presste. Durch seinen hochroten Kopf ging der Gedanke, dass er aus dieser speziellen Perspektive vielleicht sogar eine Art Krümelmonster sei und dass es langsam Zeit werde, die krümelige, alte Scheisse endlich loszuwerden. Lediglich darüber nachzudenken schien ihm gegenwärtig einfach, es aber an die Hand zu nehmen, ging weit über das simple Abpulen krümeliger, alter Scheisse hinaus. Eine Herausforderung, die er gerade in diesem Moment gerne angenommen hätte. Die euphorisierende Wirkung des Alkohols war ihm allerdings auch in betrunkenem Zustand bewusst. Bereits morgenfrüh würde ihn der simple Gedanke an diesen Toilettengang lähmen. Geradeeben fühlte er sich, auf der Schüssel sitzend, aber ziemlich leichtfüssig. Er glaubte im Geschmiere an der Toilettentür Maites Handschrift zu erkennen. War das möglich? Schreiben war so gar nicht ihre Stärke und für einen solchen Spruch hätte sie Stunden gebraucht. Möglich war es dennoch, schliesslich sass er auf einer Unisex-Toilette, ganz modern – dänische Verhältnisse. Vielleicht hatte sie den Spruch einfach nur irgendwo abgeschrieben, so hätte sie ihn innerhalb nützlicher Frist an dieser Türe reproduzieren können. Draussen polterte jemand ziemlich energisch gegen die Tür und fragte, ob er da drinnen eingeschlafen sei. Es schien akut. Er schlafe tief und fest, gab er zur Antwort, werde aber trotzdem vorwärts machen, da er das Gefühl der dringlichen Körperentleerung nur zu gut kenne und grösstes Verständnis dafür habe. Er solle bitte seine Energie in Geschäftliches stecken, anstatt Sprüche zu klopfen, war von draussen zu hören. Als Marvin durch die Türe trat, drückte sich Jonas eilig an ihm vorbei in die Toilette. Einen Augenaufschlag später stand Anna vor ihm, die in dieselbe Toilette steuerte. Holla, so bekommt Körperentleerung eine ganz andere Bedeutung, amüsierte sich Marvin. So würde er natürlich auch gerne einer Arbeit nachgehen, am liebsten nur so.

Er lief durch den Torbogen in Richtung Waldrand. Maite und Niemand waren weg. Einzig der Kasten Bier stand noch da, neben dem liegenden Baumstamm. Der Harass war voll mit leeren Flaschen, lediglich eine Flasche fehlte. Marvin setzte sich auf den Baumstamm, zückte sein Mobiltelefon und rief Maite an. Sie ging nicht ran, nur ihre Combox: Hallo, hier ist Maite, ich bin im Moment nicht erreichbar. Probier es doch später noch einmal, wenn du willst. Ich rufe nie zurück, ich habe ein Prepaid-Abo. Maites Freiheit, unhöflich sein zu dürfen belustigte Marvin, auch wenn er diese Nachricht längst kannte und Maite sogar half, sie aufzunehmen. Er wünschte sich, genauso frei zu sein. Natürlich konnte er unhöflich sein und war das auch nicht selten; in letzter Zeit sogar häufiger. Aber er war dabei nie so frei, wie Maite es war. Ihr ging es am Arsch vorbei, was andere dachten. Es schien kein bewusster Entscheid von ihr – es war einfach, wie es war. Ihn aber drückten gesellschaftliche Konventionen bei jedem verbalen Absturz, selbst wenn es nur ein belangloses Abstürzchen war. In dieser Beziehung hatte er in letzter Zeit recht viel drückenden Mist aufgeladen, gestand er sich ein. Und er fragte sich, wie es sich wohl anfühlen würde, wenn es dieses wertende Auge der Gesellschaft nicht gäbe oder er in eine Kultur hineingeboren worden wäre, in der die Sozialisierung solchen Konventionen wenig Raum gäbe. Im schlimmsten Fall wären wir sehr unfreundlich zueinander, dafür aber ehrlich und echt. Eine echte Alternative zur aktuellen Verlogenheit, die in aller Regel auf den eigenen Vorteil bedacht ist. Er dachte an den Disput, den er heute mit den Jugendlichen im Bus hatte. Wäre seine konstruierte, bessere Welt vielleicht sogar eine schlechtere? Ihm hätte es wohl trotzdem geholfen, nicht bei jedem unhöflichen, unangepassten Wort, die Last des Verfehlens auf sich spüren zu müssen. Oder war diese Last lediglich die Befürchtung, sich durch sanftestes Anecken selber Schaden zuzufügen? Wahrscheinlich war er selber nur ein kleiner, dreckiger Opportunist, der sich, zumindest moralisch, für etwas Besseres hielt. Maite kannte dieses Problem nicht, sie schien jedenfalls in dieser Beziehung autark zu sein. Das musste sich grossartig anfühlen. Erneut war Marvin ein bisschen neidisch. Er steckte das Mobiltelefon wieder in seinen Hosensack. Hoffentlich macht Maite keine Dummheiten. Der leere Bierkasten liess nichts Gutes ahnen. Wahrscheinlich hatte auch sie ziemlich viel Bier getrunken – vermutlich zu viel. Und das innerhalb kürzester Zeit. Den Randständigen konnte er nicht einschätzen. Er glaubte, Niemand sei harmlos und merkte, dass ihm der blosse Glaube daran nicht reichte. Ein Mann der Strasse oder der Brücke, der die Besoffenheit einer kleinen, geistig aus der Norm fallenden Frau vielleicht auszunutzen bereit war? Marvin ärgerte sich über sich. Dieser Gedanke hätte ihm wirklich früher kommen können. Vielleicht war es schon zu spät und Maite lag irgendwo im Wald, benutzt und weggeworfen. Panik kroch vom Bauch zur

Brust und griff mit seinen fleischigen Fingern nach seinem Hals. Leer zu schlucken misslang. Er griff nervös in seinen Hosensack und zog erneut sein Mobiltelefon hervor. Der Versuch es via Touch-ID zu entsperren schlug fehl; er konnte seinen Finger nicht ausreichend stillhalten. Seine Hände zitterten leicht. Er fand sich lächerlich, gab den Entsperrungscode ein und wählte erneut Maites Nummer. Wieder nichts – wieder nur die Combox. Alles in Ordnung bei dir? fragte er via WhatsApp. Vielleicht schaute sie ja irgendwann auf ihr Telefon, wenn sie noch konnte. Möglicherweise war alles halb so wild und Maite vergnügte sich irgendwo im Innenhof, während er sich draussen am Waldrand Sorgen machte. So gut es ging, rannte er in den Innenhof. Sein hoher Alkoholpegel, kombiniert mit körperlicher Anstrengung, führte zu Kurzatmigkeit. Vornübergebeugt stützte er sich mit den Händen auf die Oberschenkel. Er schnaufte wie ein altes Brauereiross, das ein allerletztes Mal den völlig überladenen Wagen ziehen musste. Die Pause half. Eilig schaute er sich im Innenhof um. Das Ende der Livemusik veranlasste offenbar einige Gäste dazu, sich auf den Weg zu machen. Es wurde deshalb übersichtlicher und dennoch hatte Marvin Mühe, sich lediglich auf die Suche Maites zu fokussieren. Seine Konzentration verabschiedete sich immer wieder. Er konnte Maite nirgends finden, auch in der Werkstatt und auf der Toilette war sie nicht. Resigniert lief er zurück an den Waldrand. Mit dem jämmerlichen Zuspruch, dass er eigentlich nicht für

Maite verantwortlich sei, versuchte er seiner törichten Panik aufs Maul zu geben. Es gelang ihm nicht. Als er sich wieder auf den Baumstamm setzen wollte, surrte das Mobiltelefon. 'Ales paleti' stand auf dem Display. Wie immer verweigerte Maite konsequent die Doppelkonsonanten. Die Panik wich, er fühlte sich gimpelhaft, glaubte eine Meise zu haben. Seine Fantasie brannte da gehörig mit ihm durch – peinlich. Also, alles palletti. Er sass da und schaute zum Blätterdach. Tiefe, ruhige Atemzüge verscheuchten die letzte Unruhe aus seinem Körper, der betäubende Alkohol nahm wieder mehr Platz ein. In der untersten Astgabel einer Stieleiche entdeckte er zufällig seine neue Errungenschaft, den Nistkasten. Und es ragte eine volle Bierflasche aus dem Einflugloch. Niemand musste den Kasten da platziert haben, Maite war dafür viel zu klein. Die Sache trug aber durchaus Maites Handschrift, Niemand war vermutlich nur die ausführende Hand. Marvin nahm den Kasten vom Baum, öffnete die volle Bierflasche mit Hilfe des Nistkastens und trank. Mit einem Schmunzeln im Gesicht dachte er an Maite und Niemand. Die beiden, alles andere als dem Alkohol abgeneigt, überliessen ihm den letzten Schoppen. Freundlich. Eine freundliche Geste für einen Freund. An diesem Strohhalm hielt er sich gerne fest. Im Moment sowieso. Marvin rutschte nach vorne, setzte sich auf den Boden und nutze den Baumstamm als Rückenlehne. Die unnötige Sorge um Maite und die damit verbundene Hektik hatten ihn müde gemacht. Der Alkohol half mit. Er nickte kurz weg.

Sein eigenes lautes Schnarchen weckte ihn wahrscheinlich. Ein grosser Vogel musste in der Zwischenzeit auf den Bierkasten mit den leeren Flaschen geschissen haben. Es sah nicht so schön aus. Die letzte Bierflasche, welche neben ihm auf den Boden stand, blieb aber unversehrt. Marvin trank sie aus und stellte sie in den Bierkasten zurück. Nüchtern war er ganz bestimmt nicht, aber das kleine Nickerchen war trotzdem Gold wert. Ob das nach aussen auch so wirkten mochte, war ihm für den Moment nicht wichtig. Er klemmte den Nistkasten unter den linken Arm, mit der rechten Hand packte er den verschissenen Bierkasten. Im Innenhof angekommen, bemühte er sich, mit niemandem in Kontakt zu treten, hielt deshalb seinen Blick gesenkt und stellte den leeren Kasten zielstrebig unter den Getränketisch. Auf andere musste er wie ein Mitarbeiter eines Getränkelieferanten wirken. Mit dem Nistkasten unter dem Arm ging er durch den Torbogen und entschied, dass ihm ein Ausnüchterungsspaziergang guttun würde.

8

Er ging zurück zur Bushaltestelle und schlug danach die ungefähre Richtung nach Hause ein. Zuerst schlenderte er durch eine der unzähligen Einkaufsmeilen. Fussgängerzone, immerhin. Der Alkohol dämpfte seine Sinne, alles um ihn herum wirkte weich. Sein Gesichtsfeld war leicht eingeschränkt, die Aussenwelt recht weit weg. Er fühlte sich unbeobachtet und sicher. Wäre da nur nicht der Drang wasserzulassen gewesen. Leider fehlten der Einkaufsmeile die Bäume, sonst hätte er einen unverzüglich gedüngt. Um in einen der grossen Blumentöpfe zu pieseln, war er doch noch nicht betrunken genug. Er entschloss sich durchzuhalten und seinen Harndrang zu ignorieren. Selbst schuld, wenn du Bier säufst wie ein Kamel! war seine Devise. Als Kind war er hin und wieder mit seiner Mutter durch diese Strasse gegangen. Sie hatte Besorgungen zu machen und er sie brav zu begleiten. Damals war die Strasse allerdings noch nicht autofrei. Früher gab es hier ein reges Treiben, glaubte sich Marvin zu erinnern. Aber vielleicht entsprang dieser Eindruck auch nur seiner kindlichen Perspektive von damals. Er glaubte sich an einige Werkstätten zu erinnern, die die Strasse lebendig machten. Der Schlosser, der bei offener Werkstatttüre etwas schweisste. Oder der Möbelschreiner, der vor der Werkstatt immer irgendetwas ein- oder auslud. Auf der Höhe der

Schreinerwerkstatt staute sich deshalb regelmässig der Verkehr, es wurde nicht selten gehupt, was den Schreiner dazu veranlasste, herzhaft zu fluchen. Vermutlich hatte er jeweils sehnsüchtig auf das nächste hupende Auto gewartet und liess den Lieferwagen absichtlich noch etwas länger stehen. Oder der Sanitärinstallateur, der ausrangierte Kloschüsseln vor der Werkstatt gelagert hatte, weil sein Lager von gebrauchten Kloschüsseln überquoll. Ob er je eine davon wieder an den Mann oder an die Frau hatte bringen können, wagte Marvin zu bezweifeln. Sicher war aber, dass man als Fussgänger bei der Sanitärwerkstatt das Trottoir verlassen musste. Auf der Strasse umlief man dann die vielen Schüsseln, die sich auf dem Trottoir türmten. Heute konnte sich ein Handwerker diese exklusive Lage wohl gar nicht mehr leisten. Eine Boutique reihte sich an die nächste. Und sogar der Flagship-Store einer bekannten Kaffeekapselmarke war hier zu finden. Die Häuserreihen standen früher schon recht hoch und es lebten unzählige Familien in den Wohnungen über den Läden und Werkstätten. Jetzt fand man über den edlen Einkaufserlebnismöglichkeiten nur noch gesichtslose Büros. Spätestens ab neunzehn Uhr, wenn all die durchgestylten Geschäftsleute und shoppingbewussten Menschen zu Hause in ihren viel zu grossen Designerwohnungen hockten, musste diese Strasse ausgestorben wirken. Dass die Autos nicht mehr durch diese Strasse fuhren, fand Marvin hervorragend, die Verbannung allen Lebens allerdings fragwürdig.

Er bog nach rechts in die nächste Seitengasse ein und schlenderte weiter. Phasenweise glaubte er sogar ein wenig zu torkeln, versuchte seinen Gang aber zu kontrollieren, sobald es ihm auffiel. Die Gasse war schmal. Das war offensichtlich auch das einzige, das noch an die Vergangenheit erinnerte, ansonsten standen modernste Bauten dicht an dicht. Vor dem Schaufenster eines Ladens mit nachhaltigen Produkten blieb er stehen und schaute hinein. Aus lauter Gewohnheit, von Berufs wegen. Ein Überbleibsel aus rosigeren Zeiten, das er längst hätte abstreifen müssen. Es endete selten mit Zuversicht. Im Schaufenster wurden Zahnbürsten aus Bambus, wiederverwendbare Abschminkpads und diverse Naturkosmetika feilgeboten. Marvin wusste, dass derzeit vor allem die Biozahnbürsten stark im Trend lagen, sie waren ungeheuer hip. Sie waren ungefähr genauso angesagt wie das alljährliche in die Ferien gondeln und nach Hause schicken von Selfies. Beides bot kurzfristig ein gutes Gefühl – nicht mehr, aber auch nicht weniger – demnach: voll okay. Über den angebotenen Zahnbürsten stand auf einem Schildchen stilvoll geschrieben: Wenn jeder bei seinen Zähnen anfängt... Marvin hätte den Satz liebend gern als Schmiererei auf der Schaufensterscheibe ergänzt: ...dann spült das ordentlich Kohle in die Säcke der Zahnbürstchenzwischenhändler, denn China produziert – gottlob – zu Spottpreisen. Wenn er mit den Händen seine Augen vor dem Tageslicht abschirmte und eine Art Sonnenblende formte, konnte Marvin ins Ladeninnere sehen. Der Laden war durchdesignt und ausschliesslich für das sich gehoben fühlende, urbane Klientel gedacht. Normalos hätten sich wohl kaum hineingetraut – auch nicht in nüchternem Zustand. Ein Bewohner der Stadt war er zwar, aber er fühlte sich diesem immer grösser werdenden Klientel, dieser Bevölkerungsschicht, wenig zugehörig. Marvin glaubte, dass dieser Teil der Bevölkerung vor der dreckigen Realität den Schwanz einzog und sich bislang erfolgreich selbst beschiss. Diese aufgetakelten, durchorchestrierten Erscheinungsbilder fand er zum Kotzen. Vom Scheitel bis zur Sohle war alles gewollt künstlich und inszeniert. Die angestrichene Grossspurigkeit zuoberst, direkt darunter das Spülglanz behandelte Selbstbild. Es gehörte sich nicht, gegen aussen abgenutzt oder gar dreckig zu sein. Wirken durfte man schon so, das war manchmal sogar Teil des gewollten Styles, aber nur wirken – nicht sein. Solange alles falsch und trügerisch war, solange bestand kein Grund zur Panik, schliesslich war nichts echt. Marvin war längst durch das Maschinensieb der urbanen Geschirrspülmaschine gefallen, setzte Dreck und Essensreste an und drohte gar den Abfluss zu verstopfen. Dass er nicht der einzige war im Abflussrohr, beruhigte ihn.

Auf einem Holzquader entdeckte er, schön drapiert, das Erfolgsprodukt von Esculus. Ein kompostierbares

Waschmittelgranulat abgefüllt in stilvollen, braunen Recyclingpapiertüten, daneben recycelte Baumwollbeutel mit Reissverschluss, zu hundert Prozent aus alten Kleidern gefertigt. Die Idee war geradezu stümperhaft einfach. Das Granulat ins Baumwollsäckchen, das Säckchen zur Wäsche in die Maschine. Das Granulat kompostieren, das Säckchen wiederverwenden. Nachhaltig und lokal. Und deshalb unverschämt teuer. Nachhaltigkeit kostet halt, aber man will ja in den Himmel – eventuell. Garniert wurde das Arrangement auf dem Holzquader mit Rosskastanien, dem Hauptbestandteil des Granulats. Die anderen Inhaltsstoffe waren streng geheim, waren Betriebsgeheimnis. Scheiss Geheimnisse! Jeder, der geradeaus denken kann, kennt die Zusätze! Hedera, Betula und Lavandula! schrie er und hämmerte mit der freien Faust gegen die Schaufensterscheibe. Plötzlich tauchte hinter der Scheibe eine Dame auf. Sie stemmte ihre Fäuste in die Hüften und schaute ihn grimmig an. Ihrem Gesicht konnte Marvin entnehmen, dass sie die beste Kundin ihrer eigenen Naturkosmetika sein musste. Es wirkte gepflastert, gemörtelt und verspachtelt. Marvin schaffte es nicht, ihrem Blick Stand zu halten, er fühlte sich wie ein kleiner, randalierender Teenie, der gerade ertappt worden war. Dass nicht auch noch sein Gesicht rot anlief, war ein Wunder, dann nämlich hätte eine Schicht natürliches Make-up tatsächlich helfen können.

Marvin suchte das Weite. Beim Gehen packte ihn die Wut. Dass es mit Urs zum Bruch kam und dass er ihn kurz davor wie einen geldgeilen Kleinkriminellen behandelt hatte, machte Marvin gerade jetzt rasend. Und dabei hatte er damals im Gymnasium mit Urs die Schulbank gedrückt. Sie waren einmal sowas wie Kollegen. Urs hatte seinen Master in Marketing Management bereits abgeschlossen, da hatte Marvin erst realisiert, dass zum Studieren mehr gehörte, als sich die Nächte saufend um die Ohren zu hauen.

Und als Marvin vor zwölf Jahren sein Studium schmiss, konnte er kurz darauf bei Urs und seiner neu gegründeten Firma Esculus einsteigen. Urs, ein Überflieger, der alles konnte – der alles zu können glaubte. Marvin liess sich damals leicht begeistern und Urs gab ihm, dem Studienabbrecher, eine Chance. Eine Firma, die mit ihrem Produkt die Umweltbelastung senkte, zudem nachhaltig war; die sich auf die Fahne schrieb, nur lokale Rohstoffe zu verwenden und sogar anerkannten Flüchtlingen eine erste, sinnvolle Eingliederung in den hiesigen Arbeitsmarkt ermöglichte. Eine eierlegende Wollmilchsau also, stark und sanftmütig zugleich, auf der man in die goldene Zukunft reiten wollte. Die Rohstoffe lagen vor der Haustür. Rosskastanien, Birken- und Efeublätter gab es in den Stadtpärken zu genüge, sie mussten nur in ausreichender Menge gesammelt werden. Den Lavendel bezog Urs von einem stadtnahen Hobbybauern, der in der Stadtverwaltung arbeitete und nur noch nebenbei Landwirtschaft betrieb. Weil er dieses zukunftsweisende Projekt, wie er es nannte, unterstützen wollte, bekam Urs den Lavendel zu einem Preis, der nahe bei den Herstellungskosten lag. Ein Glücksfall. Ein einziger Aufruf über Social Media genügte und die Stadtbevölkerung lieferte alte Baumwollkleider, die den Bedarf für ein ganzes Jahr deckten. Immigrantengruppen, die von einem Einheimischen – Kehlköpfchen war einer davon – angeleitet wurden, sammelten im Frühsommer Birkenblätter, im Herbst Rosskastanien und im Winter Efeublätter. Zwischendurch legten sie alles zum Trocknen in eine alte Scheune am Stadtrand, die neben einer noch älteren Mühle stand. Die denkmalgeschützte Wassermühle konnte Urs mit Hilfe öffentlicher Gelder sanieren und so umbauen lassen, dass damit die Verarbeitung der getrockneten Rosskastanien zu einem groben Granulat möglich wurde. Die Flüchtlingsgruppen rotierten, sodass alle alles machen konnten und damit etwas Abwechslung hatten. Sie sammelten Rohstoffe, nähten Baumwollsäckchen, verpackten das fertige Granulat und lieferten es den Kunden, die online bestellten und bereit waren, sich Nachhaltigkeit etwas kosten zu lassen. Was Marvin am meisten verwunderte, war, dass gar keine Werbung nötig war, es lief von alleine. Zwei Jahre nach dem Startschuss wuschen mehr als sechzig Prozent der städtischen Haushalte mit dem Granulat von Esculus. Und auch über die Stadtgrenze hinaus wuchs die Nachfrage nach dem nachhaltigen

Waschmittel rasant. Es wurden weitere Scheunen zum Trocknen der Rohstoffe zugemietet und die Mühle wurde zweimal pro Woche sogar in der Nacht betrieben. Nachdem die städtischen Kläranlagen meldeten, dass ihre Bakterienkulturen zur Aufbereitung des Abwassers, nachweislich länger überlebten und man den Grund im sorgsameren Umgang mit Waschmittel verortete, hagelte es für Esculus Auszeichnungen. Man schrieb moderaten Gewinn – eine wahre Erfolgsgeschichte und Urs ein aufgehender Stern am Startup-Himmel. Deshalb fand Kehlköpfchen die Firma ja auch grossartig. Dieser Idiot verschloss bei jeder Gelegenheit die Augen, um nicht von seiner unkritischen Haltung abrücken zu müssen.

Marvin, der von Anfang an dabei war und das Unternehmen bis in den hintersten Winkel des gewölbten Mühlekellers kannte, vermutete schon bald eine Kehrseite. Es war nicht alles Gold, was glänzte. Was die wenigsten wussten, war, dass die anerkannten Flüchtlinge bei Esculus beinahe zum Nulltarif arbeiteten; die Lohnkosten übernahm die Regierung, also die Steuerzahlerinnen und Steuerzahler. Marvin wusste, dass zwischen dem Amt für Migration und Esculus ein Deal bestand, wonach die Höhe der Lohnkostenzahlungen durch die Regierung anhand des Geschäftsverlaufes festgelegt wurde. Marvin hatte es damals nicht verstanden. Esculus beziehungsweise Urs scheffelte ordentlich Kohle, aber die Regierung übernahm Jahr für Jahr die vollen

Lohnkosten. Darauf angesprochen bat Urs ihn, diesen Umstand nicht an die grosse Glocke zu hängen, schliesslich denke er grösser. Da bröckelte die Esculus-Fassade für Marvin zum ersten Mal.

Obwohl man das im Alltag weder sah noch spürte, war Marvin Mitglied der Geschäftsleitung. Seine Führungsqualitäten waren allerdings mager, das wusste er, fand es aber nicht weiter tragisch. Das Führen gehörte nicht zu seinen Kernkompetenzen, vielmehr war er Mädchen für alles, da er durch seine langjährigen Erfahrungen halt überall Bescheid wusste. Bei ihm liefen die Fäden zusammen, er war sozusagen die Kurbelwelle der Firma und diese Funktion behagte ihm, er glaubte etwas zu bewirken, ohne die Chefkarte ausspielen zu müssen. Das mit der Geschäftsleitung fühlte sich für Marvin eher wie ein Versehen an und war dem Umstand geschuldet, dass er praktisch seit der Gründung mit von der Partie war. Urs sah sich wohl genötigt ihn mit ins Boot zu holen, da er die Wichtigkeit seiner Person erkannte. Marvins Wunsch war es nie – im Gegenteil. Aber auch er sollte nicht unentbehrlich bleiben. Als Mitglied der Geschäftsleitung bekam er alljährlich den Jahresabschluss zu Gesicht. Und Jahr für Jahr stolperte Marvin über dieses bedeutende Dokument, das er nicht so recht zu lesen verstand. Im Nachhinein hatte er den Eindruck, dass die Verantwortlichen beim Amt fur Migration wahrscheinlich genauso wenig den Durchblick hatten. Es war damals eher ein Gefühl, das in leitete, eine Ahnung, eine

Befürchtung, ein Verdacht. Es konnte einfach nicht sein, dass die Jahresgewinne so konstant niedrig blieben, wie sie ausgewiesen wurden. Marvin, der Tag für Tag die Geschäftsmühle am Laufen hielt, wusste, dass der Umsatz kontinuierlich stieg, während die Kosten, abgesehen von kleineren Aufwendungen, einigermassen gleichzubleiben schienen. Wo aber floss der Gewinn hin? Oder gab es ihn wirklich nicht? Natürlich hatte Urs einen Accountant. Ein freundlicher Mann, aber halt ein Zahlenmenschen – Empathie war eher Mangelware. Viel lieber hatte Marvin mit den Immigranten zu tun. Wenn er in ihre Gesichter blickte, ging die Sonne auf. In der Nähe des Buchhalters ging die Sonnen nicht einmal unter, sie existierte gar nicht. Marvin vermutete einen Hauch Autismus. Dann würde er ihm sogar ein bisschen Unrecht tun und müsste sich irgendwann für seine Voreingenommenheit entschuldigen. Aber gut, die aufgehende Sonne ist schliesslich kein Garant für eine penibel geführte Buchhaltung. Marvin begann damals regelmässig Einsicht in die Geschäftsgänge zu verlangen und der extern engagierte Accountant gab bereitwillig Auskunft. Die Angaben zu den Umsätzen schienen korrekt zu sein. Marvin fand keine Ungereimtheiten, lediglich, dass der Gewinn beim Jahresabschluss immer dahinschmolz. Also musste der Hund bei den Kosten begraben liegen. Der Geschäftsaufwand stieg in den Bilanzen mit dem Umsatz, an sich nichts Ungewöhnliches. Nur stimmte für Marvin das Verhältnis nicht. Leider hatte er wirklich keinen Schimmer, wo er suchen sollte.

Vor zwei Jahren dann fand er es heraus. Also eigentlich war es vielmehr der Buchhalter, der ihm Auskunft gab. Er stand im Gang neben dem Drucker, der den aktuellen Jahresabschluss ausspuckte, als Marvin zufällig an ihm vorüberging. Marvin dachte nur: Die beiden passen gut zusammen – gleiches Einfühlungsvermögen. Du interessierst dich doch so für meine Arbeit, sagte der Buchhalter und drückte Marvin eine als edle Broschüre ausgedruckte Jahresrechnung in die Hände. Marvin blätterte darin, überflog die Bilanz und murmelte: Wieso machen wir nicht mehr Gewinn? Na, das kann ich dir ganz genau sagen! antwortete der Buchhalter. Marvin war damals erstaunt über dessen Offenheit. Vielleicht glaubte der Buchhalter, dass Marvin sowieso auf derselben Seite stünde wie Urs, weil er schliesslich ebenfalls Teil der Geschäftsleitung war. Er buche regelmässig beachtliche Beträge Zugunsten der Treuhandfirma, für die er arbeite, um. Er handle im Auftrag von Urs, der damit die Gewinne bei Esculus niedrig halte. Aufgrund welcher erbrachten Leistungen denn diese Beträge umgebucht würden, wollte Marvin wissen. Es gäbe keine real erbrachten Leistungen und das sei auch gar nicht nötig, es handle sich ja um Umbuchungen innerhalb des Kleinkonzerns. Er könne beispielsweise offiziell ein sehr hohes Honorar für seinen Aufwand abrechnen und auf die Treuhandfirma umbuchen. Das Honorar habe dabei eigentlich nichts mehr mit dem wirklich erbrachten Aufwand zu tun. Aber die Beträge würden so oder so ähnlich vom Tochterunternehmen ans Mutterunternehmen überschrieben. Im Konzernabschluss würden diese Gewinne ausgewiesen, nicht aber im Einzelabschluss der Tochterfirma. Ah, alles klar! reagierte Marvin auf die Ausführungen, bedankte sich und tat, als sei für ihn nun alles in bester Ordnung. Er konsultierte das Handelsregister. Urs war als Eigentümer der Treuhandfirma eingetragen. Ob dem Buchhalter klar war, dass das Amt für Migration die vollen Lohnkosten der Asylsuchenden nur dank der Umbuchungen übernahm? Marvin hoffte für ihn, dass er es nicht wusste, glaubte aber nicht recht daran. Urs jedenfalls profitierte unrechtmässig von öffentlichen Geldern und machte sogar noch Kohle damit.

Noch am selben Tag wollte er Urs konfrontieren. Man traf sich zum Feierabendbier in einer Beiz namens 'Eintracht'. Als nur noch Urs da war, redeten sie Tacheles: Du lässt dein Unternehmen durch öffentliche Gelder subventionieren, obwohl es gehörig Gewinn abwirft. Urs bat ihn, nicht so laut zu sprechen, da es andere sonst in den falschen Hals bekommen könnten. Das ist mir scheissegal! gab Marvin zurück. Dein Unternehmen hat sich Nachhaltigkeit und soziales Handeln auf die Fahne geschrieben! Dir geht es aber einzig und allein um die Moneten! Du blöde Arschgeige machst es nicht anders, als alle anderen auch! Dein Sack kommt zuerst! Du Sack! Urs hielt ihn an, obwohl es bereits zu spät dafür war, nicht ausfällig zu werden. Er zeigte sich tatsächlich einsichtig, ja sogar reumütig. Er wäre sich der Verfehlung bewusst. Er, Marvin, habe im Prinzip schon recht, es sei nicht ganz korrekt, aber er, Urs, lege einerseits Reserven beiseite und andererseits baue er Kapital auf, um neue Projekte in Angriff nehmen zu können. Das müsse und könne er doch verstehen. Du baust das Kapital indirekt mit den Geldern der öffentlichen Hand auf. Das ist nicht nur 'nicht ganz korrekt', das ist komplett falsch! Du bereicherst dich an Steuergeldern. Aber schau dir doch an, was wir geschaffen haben. Flüchtlinge gehen einer sinnvollen, richtigen Arbeit nach, produzieren und vermarkten ein nachhaltiges, lokales und umweltverträgliches Produkt. Was willst du noch mehr? Die Behörden müssten auch sonst in irgendeiner Weise für diese Menschen aufkommen. Gäbe es uns nicht, würden sie entweder nur rumhocken oder einer Alibiarbeit nachgehen. Sie würden einer Arbeit nachgehen, die sie zwar beschäftigt, sonst aber nichts bringt, nur zusätzliche Kosten entstehen lässt. Glaubst du allen Ernstes, dass das die bessere Variante wäre? Auf die Verfehlungen anderer aufmerksam zu machen, macht die eigene Verfehlung nicht weniger falsch und zeigt lediglich, dass sich erst am Ende des Tages feststellen lässt, wie viel Scheisse produziert wurde. Behandle deine Mitarbeiterinnen und Mitarbeiter mit Würde und bezahle sie korrekt für ihre Arbeit! Sie werden doch bezahlt! Halt nicht von mir. Ich bitte dich höflich, die Sache anzugehen, sonst mache ich es. Urs war erstaunlich einsichtig und versprach, in den Folgejahren den Gewinn von Esculus sukzessive anzuheben, bis in ein paar Jahren der volle Gewinn ausgewiesen werden würde. Natürlich nur, sofern sich auch die positiven Prognosen bewahrheiteten. Und das Amt für Migration könne Schritt für Schritt mit den Subventionsbeiträgen herunterfahren, bis die Lohnkosten gänzlich von Esculus beglichen würden. Es sei ihm aber nicht möglich, denn kompletten Gewinn von heute auf morgen im Jahresabschluss von Esculus darzulegen. Dann würden die Behörden Lunte riechen, es gäbe einen Skandal und er müsste die Bude schliessen. Und er, Marvin, wäre seinen Job los. Das könne bestimmt nicht in seinem Interesse sein. Marvin war mit dem Vorgehen einverstanden und Urs übernahm die nächste Runde.

Sie sassen sich schweigend gegenüber. Was wäre wohl geschehen, wenn er dieses fiese Spiel nicht erkannt und Urs nicht damit konfrontiert hätte? Hätte Urs immer so weitergemacht? Gut, beschwichtigende Worte sind noch keine Taten. Abgesehen davon ging Urs bis zu diesem Zeitpunkt davon aus, dass er, Marvin, obwohl er Mitglied der Geschäftsleitung war, nichts von den falschen Machenschaften mitbekommen würde. Urs hatte sich offensichtlich geirrt, aber Marvin fühlte sich dennoch minderwertig bei diesem Gedanken. Er war auch nur ein Bauer im Schachspiel von Urs. Und er schwor sich vorsichtig zu sein. Dem erfolgsverwöhnten, mit Auszeichnungen geehrten Startup-Überflieger waren sichtlich viele Mittel recht. Diesem Menschen, den er 'Freund' nannte, fiel es augenscheinlich leicht, verschiedene Rollen einzunehmen. Bei ihm hatte er nun den Hut des einsichtigen Freundes auf. Er konnte aber, je nach Bedarf, blitzschnell wechseln und sich den Hut des besorgen Umweltschützers, des sozial engagierten Linken oder des nachhaltig denkenden Patrons aufsetzen. Marvin beneidete ihn für seine Flexibilität, war sich aber nach der ganzen Sache bewusst, dass all diese Hüte einer von Urs definierten, inneren Hierarchie folgen. Es gab einen Hut, der über allen anderen an der Garderobe hing, der Hut des wachstumsorientierten Geschäftsmannes. Gedankenversunken, mit den Ellbogen auf dem Tisch aufgestützt, den Kopf leicht über das Bierglas gebeugt und den Blick auf den Boden des Bierglases gerichtet, murmelte Marvin aus Versehen: Ein Hut, sie alle zu knechten… Was er damit meine, fragte ihn Urs. Nichts bestimmtes, er überlege nur gerade, ob die Geschichte auch mit Hüten funktioniert hätte. Das wäre dann irgendwie etwas weniger subtil und deshalb nicht so gut zu verbergen gewesen, vermutete Urs. Da könntest du allerdings recht haben.

Beim Bezahlen fragte Marvin ihn noch, welche neuen Projekte er denn mit dem angehäuften Kapital angehen wolle. Es sei gut, dass er danach frage, meinte Urs, er habe eine Geschäftsidee im Zusammenhang mit Klimazertifikaten im Kopf. Der Markt dafür würde zwar reguliert, aber er glaube trotzdem, dass damit viel Geld gemacht werden könne, zumal die Klimaneutralität brandaktuell sei. Im Moment sei diese Idee aber noch nicht spruchreif und er bitte ihn deshalb Stillschweigen zu bewahren. Marvin nickte, sie verabschiedeten sich und jeder ging seiner Wege.

Beim E-Banking entdeckte Marvin, dass sein Monatslohn massiv gestiegen war. Im Glauben daran, dass hier ein Fehler vorläge, machte er die Sekretärin, die für die Lohnzahlungen verantwortlich war, darauf aufmerksam. Diese verneinte und erklärte, die Lohnanpassung sei auf Anordnung des Chefs erfolgt. Marvin hing mit drin.

Er ging seiner Arbeit nach und versuchte seinem Unbehagen so wenig Raum wie möglich zu geben. Schliesslich sei bei keiner Arbeitsstelle alles positiv zu bewerten, versuchte er sich einzureden. Und dass anerkannte Flüchtlinge einer sinnstiftenden Beschäftigung nachgehen konnten, ohne langfädige Ausbildung, sondern vom ersten Anstellungstag an, war ja wirklich nicht nichts. Ob es überhaupt einheimische Arbeitskräfte gegeben hätte, die zu den bestehenden Bedingungen eine solche Arbeit ausgeführt hätten, war eine Frage, auf die Marvin eine Antwort gehabt hätte, diese aber ignorierte. Jede Arbeitsstelle hat halt Vor- und Nachteile, das ist immer ein Abwägen und schliesslich – nicht ganz unwesentlich – hängt die eigene Existenz auch daran. Seine Moral litt mit jedem saftigen Monatssalär etwas mehr, bis sie ganz hinten, ganz unten, ganz klein in einer Ecke des

Gewissens kauernd die Klappe hielt. Er war auch wie alle anderen, er war auch wie Urs, sein Sack kam ebenfalls zuerst. Eine ernüchternde Bilanz, aber so ist es nun mal, man kann es sich nur bedingt aussuchen. Jeder der behauptet, er habe die freie Wahl, lügt sich doch etwas vor. Marvin hatte sich seine Realität zurechtgelegt. Sein Gewissen spielte bei dieser Realität eine untergeordnete Rolle. Er fühlte sich dabei weder besonders gut noch besonders schlecht, sondern finanziell potent.

Eines späten Nachmittags barst eines der alten Holzzahnräder, welches die Kraft des Wasserrads auf die Mühle übertrug. Es verlor gleich mehrere seiner Holzzacken. Ein besonderer Grund für den Schaden konnte nicht ausgemacht werden, vermutlich waren die Zähne einfach etwas altersschwach. Dass ein einzelner alter Holzzacken hin und wieder mal seinen Dienst versagte, war nichts Aussergewöhnliches. Glücklicherweise konnte man die Zähne einzeln ersetzen und musste nicht das ganze Zahnrad erneuern. Marvin hatte sich im Laufe der Zeit diese Fähigkeit angeeignet. Allerdings war das ein zeitaufwändiges Unterfangen, da die Zähne je nach Winkel der zueinanderstehenden Zahnräder einen ganz speziellen Schliff benötigten. Man passte die Zähne ein, liess die Mühle wieder laufen, kontrollierte, ob die Zahnräder sauber ineinandergriffen, entkoppelte sie erneut und besserte nach. Diesen Vorgang wiederholte man solange, bis wieder alles sauber und ohne Ruckeln lief. Die Mühle musste auch an diesem Nachmittag angehalten werden, die Produktion stand still und das bestehende Granulat wurde von Stunde zu Stunde knapper. Für Marvin war klar, dass ihm eine Nachtschicht blühte. Zum Glück war keine Nachtproduktion geplant, das hätte ihn ansonsten arg in die Bredouille gebracht. So aber konnte er sich Zeit nehmen für die Reparatur. Klar, seine Nacht war dahin, doch es schien ihm realistisch, die Mühle bis am nächsten Morgen wieder flott machen zu können. Er schickte sich in seine Aufgabe. Marvin richtete sich mit Baustrahlern, kleiner Handkreissäge, Schleifmaschine, Feilen, Stechbeiteln, Holzhammer, gut abgelagertem Buchenholz und einem Bluetooth-Lautsprecher ein. Er liess seine Thermoskanne beim Italiener um die Ecke mit starkem Kaffee auffüllen, marschierte hurtig zurück zur Mühle, koppelte sein Mobiltelefon mit dem Lautsprecher, wählte das Album 'Survival' von Bob Marley, bewegte sich untalentiert zur Musik und nahm seine Arbeit auf. Alle anderen hatten längst Feierabend gemacht. Für ihn stimmte es so – sogar sehr. Er fühlte sich wichtig. Die neuen Zähne mussten miteinander zugeschnitten und eingepasst werden, bevor das Zahnrad einigen Testumdrehungen unterzogen werden konnte. Das gab sehr viel zu tun. In der Zwischenzeit musste es ungefähr dreiundzwanzig Uhr geworden sein, er hatte immer und immer wieder dasselbe Reggae-Album gehört, konnte in den kurzen, stillen Übergängen vom einen zum anderen Lied bereits das kommende Lied vorausahnen und machte sich einen Spass daraus, den Anfang des neuen Liedes zu summen bevor es anfing.

Er klopfte gerade den zweitletzten Zahn zum Reggae-Rhythmus in Position, da stand plötzlich ein Mann neben ihm, der sich in gebrochenem Englisch bei ihm entschuldigte. Es tue ihm leid, dass er ihn störe, er habe draussen nach ihm gerufen. Gegen die zwar gute, aber auch sehr laute Musik habe es für seine Stimme kein Durchdringen gegeben. Deshalb sei er eingetreten. Ob er Urs sei. Marvin verneinte, erklärte dem Unbekannten, dass es doch schon relativ spät sei und er Urs wahrscheinlich morgen während den normalen Bürozeiten erreichen könne. Darko, so stellte sich der Unbekannte vor, erklärte Marvin, dass er eine Lieferung für Urs habe und eigentlich nur wissen wolle, wo diese abzuladen sei. Etwas abseits von der Mühle stand ein Vierzigtonner mit dem Nationalitätenzeichen NMK. Marvin hatte keinen Schimmer, woher dieser Lastwagen stammte. Darko öffnete den Laderaum, darin waren unbeschriftete Kunststoffgewebesäcke gestapelt. Was da drin sei, wollte Marvin wissen. Da Darko das englische Wort dafür nicht kannte, öffnete er einen der Säcke. Die Säcke waren bis obenhin gefüllt mit getrockneten Rosskastanien. Währenddessen hielt Urs' Peugeot iOn neben der Mühle. Urs erklärte Darko auf Englisch, dass er ihm zeige, wo abzuladen sei. Er könne seinem Wagen folgen, das Lager für die Rosskastanien sei einige Fahrminuten von der Mühle entfernt. Elektroauto und Lastwagen setzten sich in

Bewegung und Marvin ging zurück in die Mühle. Sein Mobiltelefon lag neben dem Lautsprecher, der Reggae lief immer noch. Bob Marley sang das letzte Lied des Albums: Wake up and live now! Wake up and live! Marvin setzte sich auf die Holztreppe, nahm sein Mobiltelefon und googelte das Nationalitätenkürzel NMK. Aufgrund des Repetiermodus folgte erneut das erste Lied des Albums, Marley sang: So much trouble in the world. Marvin nahm die Musik in diesem Moment gar nicht bewusst war, obwohl sein rechter Fuss sogar den Rhythmus zum Reggae klopfte, während er an seinem Mobiltelefon hing. NMK stand für Nordmazedonien. Gemäss Internet eine der schwächsten Volkswirtschaften Europas. Ein Viertel der Bevölkerung sei arbeitslos. Marvin atmete tief ein, hielt den Atem für einen kurzen Augenblick an, um anschliessend, wie ein aufgebrachtes Tier, unter leicht erhöhtem Druck über die Nase auszuschnaufen. Er sass eine ganze Weile da und schaute ans andere Ende der Treppe nach unten in die Dunkelheit. Es war nicht richtig. Er entschied sich Urs eine Textnachricht zu schreiben: Wir müssen reden. Jetzt! Du weisst ja, wo du mich findest. M. Postwendend surrte sein Telefon: Das ist alleine meine Angelegenheit und geht dich nichts an! U. Solltest du Interesse daran haben, dass deine Mühle morgen wieder läuft, ist eine umgehende Erklärung zwingend. M. Ok, gib mir zehn Minuten.

Marvin sass einfach nur da. Er hatte geglaubt, das sei eine gute Sache, eine richtige Sache, hatte dem Ganzen noch eine Chance gegeben. Er hatte geglaubt, er stünde auf der richtigen Seite, auf der Seite, die es ernst meinte. Dabei schien es nicht einmal eine Seite zu geben, sondern nur kühl kalkulierten Eigennutzen, der es mit Hilfe naiver Deppen zur Vollendung brachte. In den Reihen der Deppen waren Produzenten und Konsumenten gleichermassen vertreten. Er war einer der naiven Deppen, soviel war ihm klar. Der baumelnden Karotte direkt vor seinen Nüstern folgend, liess er sich wie ein arbeitswilliger Maulesel vor den Karren spannen. Dass die Karotte von Anfang an faulig war, merkte er erst jetzt. Und zwar faulte sie erstaunlicherweise von oben nach unten, was für ein Rüebli doch einigermassen ungewöhnlich ist. Marvin hörte den Peugeot iOn. Also eigentlich hörte er nicht das Elektroauto, sondern vielmehr die ächzenden Kieselsteine auf dem Vorplatz, als der Kleinwagen heranrollte. War das bescheidene Elektroauto eigentlich eine Art Tarnung? Marvin hatte sich vorgenommen, ganz sachlich nach der Lastwagenladung aus Nordmazedonien zu fragen, aber er kam gar nicht dazu. Die Kunden verlangen nach dieser Massnahme, begann Urs. Wir können schon seit Jahren die benötigte Rohstoffmenge nicht mehr selber stemmen. Und das Geschäft läuft wirklich gut! Es wäre eine Schande, der grossen Nachfrage nicht nachzukommen. Was ist falsch daran, wenn andere, die wenig haben, auch noch ein bisschen daran verdienen? Du sagst doch ständig, dass Armut nicht ein Problem der Ressourcen, sondern ein Problem der Umverteilung sei. Wir machen nichts anderes als umverteilen. Das muss dich doch freuen. Esculus mausert sich zur Goldgrube und die Kunden sind regelrecht gierig nach unserem Produkt. Wir befriedigen Kundenwünsche, nichts anderes. Das kann nicht falsch sein, nicht für uns jedenfalls. Ob er das wirklich glaube, fragte ihn Marvin. Der horrende Preis deines Produkts wird mit lokaler Produktion und der damit verbundenen Nachhaltigkeit gerechtfertigt. Du aber lässt den Rohstoff im Dunkeln durch halb Europa karren. Und sag, bezahlst du den Menschen, die im Südosten die weissen Gewebesäcke mit Rosskastanien gefüllt haben, denselben Lohn wie die Behörden unseren Flüchtlingen? Natürlich nicht, das würde niemals rentieren. Du bist ein elender Traumtänzer! Woher glaubst du, kommt dein guter Monatslohn? Du bist genauso ein Player des grossen Spiels. Und du hattest Glück, von einem ambitionierten Verein verpflichtet worden zu sein. Und würde ich nicht knallhart wirtschaften, würde der ganze Laden hier nicht laufen! Ich will weiterkommen im Leben und kann mir deine Moral nicht leisten. Für das gute Gefühl einiger müssen andere hart arbeiten. Die heile Welt gibt es nicht, wach endlich auf! Entweder du gewinnst oder du verlierst, so einfach ist das. Und ich bin, ehrlich gesagt, lieber auf der Seite der Gewinner. Marvin überlegte kurz, ob er noch entgegen solle, dass Urs seine Kunden allesamt hinters Licht führe, realisierte dann aber, dass das ein bewusster Teil des knallharten Wirtschaftens war. Die Kunden von Esculus liessen sich ihre eigene Moral etwas kosten und Urs machte Geld damit. Mehr war da nicht – leider. Du brauchst einen Zimmermann oder einen Schreiner, der die Mühle wieder zum Laufen bring. Ich kündige hiermit – fristlos. Marvin marschierte trotzig in die Nacht hinaus. In der einen Hand schwenkte er das Fähnchen der Selbstachtung, in der anderen schwang er die Fahne der Desillusion. Urs fuhr ihm mit dem Peugeot nach und versuchte ihn umzustimmen. Durch das offene Autofenster redete er auf ihn ein. Er solle einsteigen, damit sie die Sache noch einmal in aller Ruhe miteinander besprechen könnten. Marvin stieg nicht ein. Ob er sich das gut überlegt habe. Esculus sei kein Spezialfall, in allen anderen Firmen würde es auch so laufen. Er könne doch seine Arbeitskolleginnen und Kollegen nicht einfach im Stich lassen. Er könne ihn doch nicht im Stich lassen. Und er wäre auch bereit noch einmal über eine Lohnerhöhung zu sprechen. Marvin liess sich nicht einseifen, lief stoisch weiter, ohne auf die Aussagen von Urs zu reagieren. Als Urs klar geworden war, dass er Marvin nicht umstimmen konnte, schlug er einen anderen Ton an. Er, Marvin, habe genauso Dreck am Stecken, schliesslich wisse er schon eine ganze Weile von den Umbuchungen. Und gegen die Gehaltserhöhung habe er auch nichts einzuwenden gehabt. Er hange ebenfalls mit drin. Und sollte Esculus untergehen, so werde er dafür sorgen, dass er, Marvin, mit der Firma untergehe. Oder glaubst du wirklich, dass dich irgendeine Firma noch anstellen wird, wenn herauskommt, dass du dich für dein Schweigen hast bezahlen lassen? Als Studienabbrecher sowieso nicht. Marvin bog in einen Gehweg ein, der Peugeot konnte ihm nicht folgen. Ende Monat kam es zur letzten Gehaltszahlung. Danach war Schluss. Funkstille.

9

Marvin hatte richtig Hunger, die Bratwürste am Tag der offenen Tür von Maites Werkstatt waren ja gut und recht, aber bereits komplett verdaut. Auch die Wirkung des Alkohols liess nach, was ein Teil von ihm begrüsste, ein anderer Teil aber für einen ziemlich schlechten Situationsverlauf hielt. Die Dämmerung schlich unbemerkt über die Dächer. Weit vorne in der Gasse vermutete Marvin die Leuchtreklame einer Dönerbude. Genau das richtige, dachte er, schnell und unkompliziert. 'Affan's Spezial' las er beim Näherkommen. Er bestellte Kebab im Fladenbrot, scharf, und zwei Biere. Alkohol habe er offiziell nicht, erklärte der freundliche Mann mit vollem Bart und schütterem Haar hinter der Theke. Und inoffiziell? fragte Marvin. Inoffiziell stehe neben der Theke ein Kühlschrank, dort könne man sich diskret bedienen. Affan – interpretierte Marvin – konnte sich ein Lachen nicht verkneifen und seine makellos weissen Zähne leuchteten aus dem tiefschwarzen Bart, als sehe man ein Licht am Ende des Tunnels. Marvin bezahlte an der Theke. Affan riss schwungvoll den Kassenzettel ab und fragte Marvin lachend, ob er einen Vogel habe. Marvin verstand nicht sofort. Oder was er sonst mit dem Nistkasten unter seinem Arm vorhabe. Eben habe er noch keinen. Er versuche einen damit anzulocken, erklärte Marvin und hob die Nisthilfe triumphierend in die

Höhe. Der Kassenzettel verschleierte die Wahrheit Zugunsten beider: Einmal Dürüm und zweimal Süssgetränk. Er solle sich doch setzen, das Fladenbrot müsse noch kurz aufgewärmt werden. Er setzte sich ans Fenster, legte den Nistkasten auf den Stuhl daneben, öffnete das erste Efes und trank. Auf dem Tisch hinterliessen vorangegangene Gäste Opfergaben für Mutter Erde und eine aktuelle Tageszeitung. Marvin wischte die Essensreste mit Hilfe der Zeitung etwas beiseite, tat dies aber behutsam, da er keinesfalls Mutter Erde vergraulen wollte. Eigentlich wollte er nur nicht, dass die Essensreste an der Zeitung kleben blieben, da er beabsichtigte noch einen Blick hinein zu werfen.

Auf der Titelseite wurde das Fehlverhalten eines Lokalpolitikers breit getrampelt, der in behördlichen Gebäuden Bilder seines besten Stücks gemacht hatte und diese an seine damalige Geliebte sandte. Nachdem der Lokalpolitiker die Geliebte nicht mehr liebte, machte diese die Sache publik. Marvin fragte sich, ob es sich, wenn jemand seinen Penis fotografierte, ebenfalls um ein Selfie handelte. Diese Frage generierte Bilder in seinem Kopf, die er, so kurz vor dem Essen, schnell wieder zu vergessen versuchte. Recht armselig eigentlich, wenn es so eine Geschichte auf die Titelseite einer Zeitung schafft. Aber deren Existenzkampf ist durch das Aufkommen des Internets existentieller geworden, dann heiligt der Zweck eben die Mittel. Und die nur noch leicht zurückgehenden Leserzahlen heiligten offenbar

Geschichten über fotografierte Penisse. Die Titelseite versprach zudem einen Stellenanzeiger und einen Bericht über Hebammen in Indianapolis. Marvin gab beidem eine Chance.

Der Stellenanzeiger widerspiegelte den Qualitätsverlust der Printmedien. Vier überdimensionierte Inserate füllten eine ganze Zeitungsseite. Dass sich die Zeitung auf der Titelseite mit einem Stellenanzeiger brüstete, dann aber lediglich vier läppische Inserate zu bieten hatte, grenzte an Etikettenschwindel. Behörden suchten ein*e Projektleiter*in Informationssicherheit, also eine*n Wirtschaftsinformatiker*in; nichts für einen Mann oder eine Frau ohne Abschluss. Eine Grossbäckerei suchte eine*n Teamleiter*in Logistik. Marvin bildete sich ein eine Mehlallergie zu haben, zudem verband er Bäckereien mit frühem Aufstehen, was er scheisse fand – wieder nichts. Eine Bank suchte eine*n Supporter*in im ICT-Service – lieber nichts mit digitalem Scheiss. Und zu guter Letzt suchte ein grosser Lebensversicherungskonzern eine*n Mitarbeiter*in Sales Support – nein danke, scheiss Versicherungen verkaufen. In der ganzen Stadt gab es nur vier freie Stellen und mit keiner konnte er auch nur im Entferntesten etwas anfangen. War es schon Zeit für Existenzangst? Sicher nicht aufgrund seiner Arbeitslosigkeit. Auf der nächsten Seite versprach ein bunter Strauss an Inseraten effiziente Jobsuche im Netz. Darunter wurden überteuerte Immobilien feilgeboten. Affan stellte den Teller mit dem Dürüm-Döner wortlos auf den Tisch. Das in Alufolie eingewickelte Fladenbrot hielt seinerseits dünn geschnittenes Fleisch beisammen. Es war Lamm und roch herrlich. Brot, Fleisch und Sauce – kein Gemüse. War das Affan's Spezial? Marvin nahm die Alufolienrolle vom Teller, entfernte am oberen Ende einen Teil des Metalls und nahm den ersten Bissen. Fett tropfte auf die Zeitung. Ein*e Projektleiter*in Informationssicherheit wurde langsam durchsichtig. Gerne wäre er das Fladenbrot der Firma gewesen. Ohne ihn hätte alles auseinanderfallen dürfen. Das schien aber nicht zu passieren, sonst hätte sich Kehlköpfchen sicherlich diesbezüglich geäussert. Und das obwohl er, Marvin, nicht einmal ersetzt wurde. Wahrscheinlich mimte Urs jetzt das Brot der Firma und hielt alles zusammen. Urs war aber garantiert blödes, aufgeblasenes Taschenbrot, bei jedem Bissen ging links und rechts etwas verloren. Offensichtlich war Marvin weniger wichtig, als er sich das erhofft oder sogar eingebildet hatte. Diese Erkenntnis spülte er mit einem kräftigen Schluck Efes hinunter. Bis heute mied er Stellenausschreibungen eher, irgendwann werde er sich aber zwangsläufig damit befassen müssen. Um ernsthaft eine Bewerbung angehen zu können, war aber das Arbeitszeugnis unabdingbar. Das allerdings hatte er noch nicht erhalten. Dafür hätte er mit Urs Kontakt aufnehmen müssen. Und dieses blöde Taschenbrot hätte er im Moment lieber an die Spatzen vor der Dönerbude verfüttert, als mit ihm ein ernsthaftes Wort zu wechseln. Er befürchtete den Kürzeren zu ziehen. Übrig blieben eine zerknüllte Alufolie auf einem sauberen Teller, diverse Fett- und Sauceflecken auf der Zeitung, zwei gebrauchte Servietten, eine für das Gesicht und eine für die Hände, und eine leere Efesdose.

Er nahm sich der zweiten Dose an und blätterte um, zum Bericht über die Hebammen. Die Zeitungsblätter sogen Fett und Sauce in sich auf. Ein freier Journalist – vermutlich ein Student, der gerne reiste und dabei seine Sprachkenntnisse aufbesserte – berichtete von einer kleinen Gruppe von Hebammen, die im Indiana University Health Methodist Hospital in Indianapolis arbeiteten. Da sie Repressionen fürchteten, wollten sie unerkannt bleiben. Vor wenigen Monaten fiel den Frauen auf, dass in ihrem Spital plötzlich auffällig mehr Buben als Mädchen geboren wurden. Sie versuchten der Sache nachzugehen und entdeckten ein Muster: Während sich Buben und Mädchen in der Stadt nach wie vor ungefähr die Waage hielten, gebaren Frauen, die auf dem Land zu Hause waren, nur noch männliche Nachkommen. Die Hebammen dachten zuerst, es sei nur Zufall oder eine Laune der Natur, fragten aber dennoch bei Berufskolleginnen in anderen Bundesstaaten nach. Erschreckenderweise bestätigten alle dasselbe Phänomen. Man informierte die Spitalleitungen. Die versprachen, der Sache auf den Grund zu gehen und mahnten Ruhe zu bewahren, nicht Panik zu verbreiten und es bis auf weiteres für sich zu behalten. Die Hebammen vertrauten und gehorchten. Kurze Zeit später schwappte das Phänomen auch auf die Städte über. Die Spitalleitungen schalteten die Behörden ein. Diese mahnten Ruhe zu bewahren und drohten Konsequenzen an, sollte etwas davon an die Öffentlichkeit gelangen. Inzwischen sei es soweit, dass sie Tag für Tag nur noch Buben zur Welt bringe, empörte sich eine der Hebammen beim Schreiberling. Unter den Hebammen schossen wilde Erklärungsversuche ins Kraut. 'Es sei die Strafe Gottes' war eine der Harmloseren. Gottesfürchtiges Amerika. Sie wüssten nicht, was zu tun sei, hofften aber, dass ein ausländischer Journalist die Abwendung einer Katastrophe ins Rollen bringen könnte. Der freie Journalist konnte seinen Bericht offenbar schon an mehrere grosse Medienhäuser in Europa verkaufen.

Marvin war doppelt erstaunt. Und beinahe hätte er sich zu Lautäusserungen hinreissen lassen, die an asiatische Touristen erinnerten, welche um eine Ecke kommen und zum ersten Mal einen freien Blick auf eine europäische Sehenswürdigkeit haben. Er war erstaunt darüber, dass sich dieses Käseblatt, oder im Moment eher Fettsauceblättchen, einen derartigen Bericht leistete. Gut, Katastrophen lassen sich bekanntlich gut verkaufen, insofern passte es schon. Dass es aber, anstatt der Hebammenstory, der fotografierte Penis eines Lokalpolitikers auf die Frontseite schaffte, verstärkte sein Bedauern über den Qualitätsniedergang von Printmedien. Marvin hatte diese heraufbeschworene Fastfoodmentalität der Printmedien beim Aufschlagen der

Tageszeitungen schon oft beklagt. Dieses halsbrecherische Surfen an einer reisserischen, aufgeilenden Oberfläche. Die Medienmacher gaukelten sich vor, dass Erdenbürger nicht auf Inhalte, sondern ausschliesslich auf Sensation aus wären. Zeitungen mit aufwändigen Hintergrundreportagen schrieben rote Zahlen. Schliesslich komme man den Kundenwünschen nach – der Kunde verlange das. Diesen Mechanismus kannte er nur zu gut. Kundenverachtende Veränderungen oder Anpassungen würden damit begründet, dass lediglich dem Kundenwunsch Rechnung getragen würde. Dabei geht es einzig und allein um Zahlen, um die eigenen Zahlen, um gute Zahlen. Urs war da nicht anders. Marvin legte die Zeitung beiseite, umklammerte mit beiden Händen die Bierdose und versuchte seinen Blick auf die Strasse zu richten.

Draussen war es beinahe Nacht. Das grelle LED-Licht im Innern erschwerte die Sicht. Er sah nur noch die Konturen eilender Menschen mit Taschen und Säcken, die von zu Hause kamen oder nach Hause gingen oder weder noch. Er gab das Hinausschauen gerade auf, als er sein Spiegelbild in der Scheibe der Dönerbude entdeckte. Ob es gut gewesen sei, wollte Affan wissen, nahm den Teller und die leere Bierdose und wischte die Essensreste mit einem Lappen, der die besten Tage längst hinter sich hatte, einen Stock tiefer. Für Mutter Erde halt. Ohne seinen Blick vom Spiegelbild abzuwenden, nickte Marvin und beteuerte, dass es hervorragend gewesen sei, der beste Döner seines bedeutungslosen Lebens. Affan war schon längst wieder hinter der Theke und tat geschäftig. Marvins Antwort war für ihn irrelevant, die Frage entsprach lediglich einer höflichen Floskel; der Gastgeber fragt nach dem Wohlbefinden des Gästegaumens – das gehört sich so. Sein Spiegelbild erinnerte ihn nicht an ihn. Er wirkte eingefallen, gar bucklig, gierig auf das Bier vor ihm, ungepflegt und knochig. Ein alkoholsüchtiger Quasimodo? Dessen Kirche brannte zwar ebenfalls lichterloh, aber wenigstens hatte der seine Esmeralda, immerhin.

Eine Esmeralda müsste es ja nicht gerade sein, aber er hätte gerne wenigstens sein Rückgrat wieder zurückgehabt. Sollte er Urs einfach so weitermachen lassen? Dem Frieden zuliebe, den Immigranten zuliebe, dem nordmazedonischen Darko zuliebe und sich selber zuliebe? Irgendwann, wenn sich die Wogen etwas geglättet hätten, bekäme er ein brauchbares Arbeitszeugnis, dann würde er einen neuen Job finden – das sollte doch möglich sein – und die ganze Scheisse mit Esculus auf sich beruhen lassen. Dann allerdings gälte das in den tiefen Brunnenschacht der Selbstverachtung gefallene Rückgrat weiterhin als verschollen.

Oder sollte er das zwielichtige Streben des Startup-Überfliegers an die Oberfläche stossen? So wie eine Walmutter, die ihr Neugeborenes für den ersten Atemzug an die Wasseroberfläche begleitet. Danach wüsste das lernfähige Kalb, wie es läuft. Einmal einen kleinen Schubser und der Rest würde von alleine gehen. Er könnte einfach die Behörden informieren. Die würden den Laden dicht machen, allerdings klammheimlich, da ihr blindes Vertrauen in Urs alles andere als eine Glanzleistung war. Sollten sie aber ebenfalls ihr Fett wegkriegen? Wenn nicht, würde Urs an einem anderen Ort mit denselben Ideen weitermachen. Er würde weiterhin mit Verantwortung kokettieren, mit dem Versprechen sich kollektiver Themen anzunehmen und bei einem Richtungswechsel an vorderster Front mitzugehen. Eine gespielte kleine Galionsfigur, die sich subversiv verhielt, wenn es darum ging, Kohle zu scheffeln.

Er könnte auch ein Feuerwerk organisieren. Über sämtliche Social Media-Kanäle. Und auch einem Reporter des Käseblattes könnte er seine Informationen zu Esculus noch stecken. Dann würde der Laden ebenfalls dicht gemacht, allerdings nicht ohne Pauken und Trompeten. Urs würde vor der Gesellschaft zur Rechenschaft gezogen. Es wäre mehr als nur eine Bestrafung aufgrund nicht eingehaltener Gesetzgebungen. Es wäre eine Brandmarkung. Und klar, das lokalkollektive Gedächtnis ist vergesslich, heute mehr denn je, aber das Netz ist nicht dement. In diesem Falle müsste bei den Behörden vermutlich ebenfalls ein Kopf rollen. Das wäre natürlich etwas unschön, aber Nichtwissen schützt leider nicht – Gutmütigkeit und Vertrauen noch viel weniger. Gut möglich, dass ein Kopf rollen müsste, der sowieso demnächst in Frühpension gehen würde, halb so schlimm also. Wahrscheinlich würde ihn Urs tatsächlich hinter sich her durch den Dreck ziehen. Das könnte für ihn tragisch enden. Er machte sich nichts vor, in jedem Fall würde es für ihn schwierig. Schwierig war es jetzt schon. Vieles war langfristig gesehen besser, als gar keiner Arbeit nachzugehen. Sollte er wirklich als Kanarienvogelfutterzusatz verkaufender Angestellter einer ausländischen Baumarktkette enden, dann wäre es halt so. Vielleicht findet man ja sogar in Tierfutterzusätzen sein Glück – wer weiss das schon? Und vielleicht gäbe sich ja das Glück schon zufrieden damit, wenn sein Rückgrat wieder an Ort und Stelle wäre. War das sein Plan? Das Kalb würde an die Oberfläche begleitet, dann in unsichere Gewässer geführt und Killerwale erledigten den Rest. Hässlich, aber notwendig.

Er war sich noch nicht ganz sicher. Gar nichts tun. Dezent verpfeifen. Oder richtig auf die Kacke hauen. Das waren die drei Optionen und alle drei waren irgendwie scheisse. Er nahm einen Schluck aus der Efesdose und erschrak. Sein Spiegelbild schien ihm schelmisch lächelnd zuzuprosten. War das der Hinweis auf eine der Optionen? Das schelmische Lächeln liess eigentlich nur die eine Option zu. Destruktiv zwar, aber das passte zu seiner Verfassung. Er setzte an und trank die noch halbvolle Bierdose in einem Zug aus. Und es fühlte sich für Marvin in diesem Moment tatsächlich so an, als wäre die Bierdose halbvoll gewesen. Er stand auf, klemmte den Nistkasten wieder unter den Arm, bezahlte bei Affan, was zu bezahlen war, bedankte sich leicht lallend, aber höflich und verliess die Dönerbude.

Draussen war finstere, kühle Nacht und ihm fehlte mindestens ein wärmender Pullover. Mit einem zügigen Schritt sollte dem beizukommen sein. Es war kälter, als er es fühlte. Marvin glaubte sich blitzschnell durch die Gasse zu bewegen. In Wirklichkeit lief er eher unkoordiniert langsam. Auf jeden Fall schnaufte er wie ein in die Jahre gekommener Zuchtstier nach getaner Arbeit. Der Alkohol hatte ihn im Griff. Er liess es zu, was hätte er auch machen können. Er liess es gern zu. Er ging heim. Klare Gedanken verweigerten sich ihm, dennoch tauchten immer und immer wieder die drei Optionen auf. Die sich, wie an der Oberfläche platzende Luftblasen, durch eine heisse, klebrige Masse kämpften. Irgendwann – Marvin hatte keine Ahnung, wie lange er schon so unterwegs war – drang eine Blase an die Oberfläche, die nicht platzte. Vielleicht war sein Gemüt schon etwas abgekühlt. In dieser Blase konnte er klar und deutlich die Killerwale erkennen, die das Kalb von ihrer Mutter trennten und es so lange unter Wasser drückten, bis es sich nicht mehr bewegte. Danach zerrissen sie es. Die Zunge des Kalbes war ein besonderer Leckerbissen, mehrere Schwertwale stritten sich darum. Ein abstossender Gedanke. Aber gab es eine Alternative? Würde man das Kalb heranwachsen lassen, würde es als ausgewachsener Bulle die Weltmeere unsicher machen. Ein Moby Dick, der wirklich so wäre, wie Kapitän Ahab ihn sah.

Ein Monster des Gedankens, der lange wütet und dann irgendwann doch strandet und stirbt. Faulige Gase in seinem Innern würden den übergrossen Leib noch mächtiger werden lassen, selbst wenn es längst vorbei wäre. Die Killerwalvariante schien Marvin ein gangbarer Weg. Vielleicht der einzig Richtige – das wird sich weisen. Um Ahabs Moby Dick zu verhindern, werde auch er einstecken müssen, vielleicht sogar ein Bein lassen müssen. Marvin lief durch die Strasse, als wäre sein linkes Bein aus Holz. Der Entschluss stand fest. Twitter, Instagram und Facebook werden gefüttert. Und auch der lokalen Presse wollte er die Informationen zuschanzen. Aber erst morgen, sofern die Entschlossenheit und ein Hauch Euphorie die Nacht überlebten.

10

Er stand vor der Wohnungstür und kramte seinen Haus-
schlüssel aus dem Hosensack. Erst jetzt fiel ihm auf, dass
die Türe einen Spalt weit offenstand. Er stiess die Türe
vorsichtig weiter auf, trat ein und machte Licht. Nur der
Zylinder schaute unter der Bettdecke hervor. Nicht
schon wieder. Wie sie es nur immer wieder schaffte,
Herrn Böckli davon zu überzeugen, ihr mit dem Passe-
partout Zugang zu seiner Wohnung zu verschaffen.
Wieso bezahlst du eigentlich eine eigene Wohnung?
fragte er den Zylinder. Eine Abstellkammer für deinen
Krempel würde völlig reichen. Oder wir teilen uns eine
Wohnung, das würde meinem Portemonnaie im Moment auch recht guttun. Maite gab keine Antwort, sie
schlief selig. Er wollte ihr den Zylinder vom Kopf nehmen um darin das Geld für den Nistkasten, der inzwischen auf dem Schreib-Esstisch stand, zu deponieren.
Jetzt gerade dachte er daran, morgen würde er es vielleicht vergessen. Morgen startete die Operation Killer-
wal, dann könnte die Bezahlung des Nistkastens in der
Hitze des Gefechts vielleicht untergehen. Er berührte
den Zylinder vorsichtig mit beiden Händen und zog
ganz langsam. Plötzlich schossen zwei Hände unter der
Bettdecke hervor, die den Zylinder mit festem Griff an
der Krempe hielten. Sie öffnete ihre Augen, die zu Be-
ginn noch nicht ganz synchron liefen. Sie suchten ein

Ziel und fanden Marvin, der seine Hände immer noch am Zylinder hatte. Ach, du bist es. Bist aber heute spät dran, Schatz. Sie liess ihre Erscheinungsbildvergrösserung los, drehte sich auf die Seite und schlief weiter. Marvin nahm den muffigen Zylinder, deponierte die nötigen Moneten darin und stellte ihn auf dem Kopf neben den Nistkasten. Die Begrüssung von Schimmel und Silberfischchen im Badezimmer fiel knapp, aber herzlich vertraut aus. Das Zähneputzen Formsache, die Entlastung der Harnblase ebenfalls. Er schob und zog Maite etwas zur Seite. Fünfzig Prozent der eigenen Matratze waren nicht zu viel verlangt! Er hatte sich noch nicht einmal richtig das Kissen zurechtgehauen, machte sie schon wieder den Babypavian. Wie macht sie das nur? Sie schläft doch tief und fest? Besser ein Babypavian als ein Babywal, dachte er beim Abtauchen.

Ein ohrenbetäubender Lärm weckte ihn. Er löste sich aus Maites Umarmung, stand auf und versuchte den Wasserhahn leerzutrinken. Dummkopf! Das Verhalten eines Adoleszenzlers im Körper eines nicht mehr ganz so knackigen Mannes. Schlechte Kombination! Es hämmerte gnadenlos. Mit einem Glas Wasser stand er an der Terrassentür und versuchte dem Lärm – vielleicht von einem Rasenmäher – auf die Schliche zu kommen. Plötzlich erschien Herr Böckli mit einem Laubbläser in der Lücke der Kirschlorbeerhecke. Laub blasen im Spätsommer? Er sah aus wie ein alt gewordener Ghostbuster. Als er ihn an der Terrassentüre stehen sah, winke er ihm zu und gestikulierte. Marvin verstand, er öffnete die Türe. Ob er seine Terrasse auch von kleinem organischem Unrat befreien solle. Er habe sich einen Laubbläser für den Herbst geleistet und sei diesen am Ausprobieren; er sei begeistert. Eine Höllenmaschine! Der organische Unrat, der ihn störe, liesse sich nicht mit dem Laubbläser entfernen und er solle aufpassen, wo er hintrete, da würden böse Überraschungen im Rasen lauern, aber das wisse er ja. Herr Böckli fluchte und versuchte seinen rechten Schuh am Rasen abzuwischen. Eine Hundekotfahne erfasste Marvins Nase. Wieso er denn diese Höllenmaschine so früh am Morgen ausprobieren müsse, wollte Marvin von ihm wissen. Es sei zwei Uhr nachmittags, er habe sogar die Mittagsruhe abgewartet, eine Regel, die normalerweise ausser ihm niemanden interessiere, er wisse beim besten Willen nicht, was er von ihm wolle. Maite hätte längst zur Arbeit gemusst. Marvin liess Herrn Böckli stehen, schloss die Terrassentüre und eilte zu Maite, die immer noch tief atmete.

Er setzte sich auf die Bettkante und betrachtete sie für einen kurzen Moment. Irgendwie schlief sie, wie so oft, den Schlaf der Gerechten. Das musste wunderschön sein. Und dann hielt er ihr die Nase zu. Sie war sofort wach. Er sei ein Blödian, sie habe sich bei Anna längst krankgemeldet. Zu diesem Zeitpunkt habe er noch tief und fest geschlafen. Und sowieso habe sie sich nur wegen ihm krankmelden müssen. Er habe grauenhaft geschnarcht und sie entsprechend schlecht geschlafen.

Nach einer solchen Nacht könne sie nicht arbeiten gehen. Nach so einer Nacht sei kein Mensch einsatzfähig. Sie zog die Decke über den Kopf und schrie, dass er ein richtiger Blödmann sei, sie schlafen lassen und doch auch wieder ins Bett kommen müsse. Die Decke dämpfte das Geschrei, es hörte sich trotz Kraftausdruck und Imperativ wolkig nett an. Sollte er sie darauf aufmerksam machen, dass sie sich in seiner Wohnung befände und dass sie sich sogar unrechtmässig Zutritt verschafft hätte. Er liess es bleiben, vermutlich hätte sie sowieso keinen Widerspruch darin gesehen, sie hätte es nicht verstanden – nicht verstehen wollen. Es ist so gemütlich hier, sagte die Decke dumpf, danach war Ruhe.

Er liess Maite schlafen, machte sich so leise wie möglich ein kräftiges Frühstück und tastete ab, ob sein gestern Abend gefasster Entschluss auch mit dröhnendem Schädel noch Gültigkeit hatte. Er hatte. Nach dem Frühstück suchte er ein paar Fotografien auf seinem Mobiltelefon zusammen. Es sollten passende Motive sein: Die Mühle, zum Trocknen ausgelegte Rosskastanien, Baumwollsäckchen mit Granulat, und Urs, wie er lachend vor dem Firmenlogo steht und mit seinen Daumen nach oben zeigt. Den Text dazu versuchte er so knapp und doch so klar wie möglich zu halten. Der erste Post war der schwierigste und benötigte zwei Kaffeelängen Zeit, bis genügend Mut beisammen war, um ihn online zu schalten. Danach ging es einfacher. Er postete, was er wusste und forderte auf, den Ungereimtheiten nachzugehen. Er schrieb der Lokalzeitung und dem Amt für Migration je ein Mail mit den Links zu Facebook, Twitter und Instagram und bat sie, die Konzernstruktur rund um Esculus, die Umbuchungsgepflogenheiten mit den entsprechenden Jahresabschlüssen und die Herkunft der Rosskastanien zu prüfen. Vom Amt für Migration kam sofort eine automatische Antwort: Das Mail würde nicht weitergeleitet und erst nächste Woche bearbeitet. Typisch Behörden halt – korrekt, aber langsam. Danach legte er sich leer und verkatert wieder hin.

Ob sein Rückgrat tatsächlich den Weg zu ihm zurückfände? Hoffentlich. Er stellte sich vor, wie es an der Wohnungstüre klopfte und er durch den Türspion spähte. Vor der Türe stände eine flehend wirkende Wirbelsäule, die unbedingt zu ihm zurückwollte. Sie habe ihn falsch eingeschätzt, würde sie ihm mit zittriger Stimme, tränenden Augen und laufender Nase vor verschlossener Tür verzweifelt gestehen. Und sie hoffe, dass er sie auch nach so langer Zeit wieder zurücknähme. Er würde die Wohnungstür öffnen und es käme noch im Türrahmen zur Absorption seines Rückgrates, danach würde er aufrechter gehen. Hoffentlich. Es war an der Zeit, nicht immer nur der Bekuschelte, sondern auch einmal der Kuschler zu sein. Er lag seitwärts und legte seinen rechten Arm um Maite, die diesen sofort wegstiess. Unfair zwar, aber durchaus gradlinig. Er drehte sich auf die andere Seite, um die Richtigkeit seines Handelns zu bezweifeln. Da machte Maite wieder das Pavianbaby und klammerte sich wie ein Rucksäckchen von hinten an ihn. Es half und er fand den Schlaf.

Es war schon wieder dunkel draussen, als Maite ihn unsanft aus dem Schlaf holte. Seine linke Wange brannte. Sie musste mit der flachen Hand mehrfach und zünftig auf seine Wange gehauen haben – auf jeden Fall war er wach. Der Zylinder hat einem Zauberer gehört! sagte sie aufgeregt. Genau, wie ich es schon lange vermute. Sie zeigte ihm die Geldscheine, die er in der Nacht davor in den Zylinder gelegt hatte. Er liess sie für den Moment in dem Glauben und wünschte sich dieselbe bedingungslose Fantasie. Was er denn jetzt mit dem Nistkasten vorhabe, wollte Maite wissen und zeigte mit den zusammengefalteten Moneten zum Schreib-Esstisch. Marvin setzte sich auf. Er könnte ihn seinen Eltern schenken, wie von ihr vorgeschlagen. Oder als Bierflaschenhalter behalten. Oder er könnte ihn auch der Andric schenken und die könnte dann ausprobieren, ob auch ihre Katze durch das Loch passte; der Kopf hätte bestimmt Platz darin und ein Vogelhäuschen, das kopflos durch das Treppenhaus rennte, hätte bestimmt Unterhaltungswert. Oder er könnte es auch irgendwo draussen an die Kirschlorbeerhecke hängen, vielleicht würden Meisen darin nisten; Andrics Katze würde vor Aufregung von der Fensterbank fallen und die flüggen Küken beim Verlassen des Kastens nacheinander killen. Oder er könnte den Kasten weit hinter dem Stadtrand irgendwo an einen schönen Obstbaum hängen und sich selbst überlassen. Maite war begeistert von seiner letzten Idee und wollte sie sofort in die Tat umsetzen.

Erstens sei es dunkel, zweitens müsse sie arbeiten und drittens wäre für ein solches Unterfangen ein fahrbarer Untersatz vonnöten, versuchte er diesen Floh wieder aus ihrem Kopf zu kriegen. Erstens sei morgen auch wieder ein Tag, zweitens sei sie ja bereits krankgeschrieben und drittens habe sie ein Velo, sprang der Floh in ihrem Kopf munter auf und ab. Sein K.I.T.T. sei aber nicht einsatzfähig, versuchte Marvin sich aus der Affäre zu ziehen. Maites Velo war ein dreirädriges Cargobike mit Lastenkiste, da sie das Gleichgewicht nicht halten konnte. Zwei Räder vorne, eins hinten. Er könne doch fahren und sie würde es sich in der Kiste gemütlich machen, schlug sie vor. Der Gedanke fing an ihm zu gefallen. Allerdings missfiel ihm, dass Maite dafür ihre Arbeit schwänzen wollte. Handkehrum war er nicht für sie verantwortlich – sie entschied für sich selbst. Dann würde er aber sein altes Zelt auf dem Estrich suchen gehen, dann würde er vorschlagen, mindestens einmal im Zelt zu übernachten. Ihre Augen leuchteten. Sie juckte auf und rannte davon, dabei liess sie die Wohnungstür, wie immer, sperrangelweit offen. Vom Treppenhaus her hörte er sie noch rufen, dass sie packen gehe und man sich morgen sehe.

Nach der Entscheidung für sein Rückgrat und dem dazugehörigen Kundtun war ein kleiner Tapetenwechsel sicherlich keine schlechte Idee. Und ausserdem spielte er immer wieder mal mit dem Gedanken, auch die Umgebung rund um die Stadt zu erkunden. Alles was nicht zu Fuss oder mit dem öffentlichen Verkehr zu erreichen war, kannte er nämlich schlecht. Die Erkundungstour mit dem Ziel, den Nistkasten aufzuhängen, könnte ja vielleicht sogar helfen, seine Weichen neu zu stellen. Sein Rückgrat war zwar noch nirgends zu sehen, es brauchte vermutlich noch Zeit, um aus dem Brunnen der Selbstverachtung zu krabbeln, dafür stand ein bisschen Euphorie vor der Tür. Marvin holte sein altes Zelt und seinen Rucksack vom Estrich.

Während er ein paar Sachen für den morgigen Ausflug zusammensuchte, liefen auf dem Tablet die Nachrichten. Es wurde von den letzten Wahlen berichtet, etwas, das völlig an Marvin vorbeizog. Der Penispolitiker schaffte die Wiederwahl leider nicht mehr. Marvin, der gerade werweisste, ob Ersatzsocken für die Velotour wirklich von Nöten wären, war doppelt unschlüssig. Abgesehen vom Sockenproblem wusste er nicht, ob er die Engherzigkeit der Wählerschaft, die zur Abwahl des Penispolitikers führte, bedauern oder, ob er die Wählenden für ihre seriöse Herangehensweise beglückwünschen sollte. Oder beides? Auf jeden Fall war er froh, nicht in der Haut des Politnestbeschmutzers zu stecken.

Dann kam ein Bericht zum Geburtenphänomen. Die Stimme des Nachrichtensprechers klang, im Vergleich zum vorangegangenen Beitrag, einige Halbtöne tiefer, was vermutlich den Ernst der Lage hätte untermauern sollen. Er sagte: Nicht nur in den Vereinigten Staaten von Amerika, sondern auch in Spanien, Italien, Kroatien und Griechenland kommen seit geraumer Zeit nur noch Buben zur Welt. Ob dieses Phänomen in Europa lediglich ein südliches ist, ist Gegenstand aktueller Untersuchungen. Es wurde eine Taskforce aus Ärzten, Politikern und Wissenschaftlern zusammengestellt, die mit Hochdruck an der Aufklärung arbeitet. Es gab eine Liveschaltung zu einem Genetiker, der davon schwafelte, dass aus einem bisher ungeklärten Grund in den Hodensäcken zeugungsfähiger Männer nur noch jene Gameten überlebten, welche das Y-Chromosom enthielten. Spermien mit dem X-Chromosom würden allesamt absterben. Der Genetiker, dessen Wangen stark nach unten hingen und der deshalb selber ein bisschen aussah wie ein übergrosser, rasierter Hodensack, wirkte echt besorgt. Marvin unterbrach seine Packungsbemühungen und hörte aufmerksamer zu. Es werde vermutet, dass ein Pestizid dafür verantwortlich sei, das vor rund dreissig Jahren weltweit eingesetzt wurde, bis man erkannte, dass sich dieses Mittel nur sehr schlecht in den Böden wieder abbaute. Damals wurde bekannt gegeben, dass das Gift ausserhalb des gewollten Wirkungsspektrums keine namhaften Schäden verursachte, weshalb es in vielen Staaten nur zaghaft vom Markt genommen wurde. Wieso das Bubenphänomen denn nicht schon viel früher aufgetreten sei, wollte der Nachrichtensprecher vom Experten wissen. Da könne er nur spekulieren.

Wahrscheinlich sei nicht das Pestizid selbst, sondern vielmehr dessen Abbauprodukt ein Problem. Man wisse, dass die Halbwertszeit des ursprünglichen Pestizids ungeheuer lange sei, zeitlich würde es deshalb passen. Und er könne sich auch sehr gut vorstellen, dass nicht nur das eine Pestizid, sondern vielmehr ein Cocktail von ausgebrachten Chemikalien für das Bubenphänomen zuständig sein könnte. Der Experte beteuerte aber noch einmal, das sei reine Spekulation und er sei schliesslich kein Chemiker, sondern Genetiker. Halleluja, nur noch Männer, dachte Marvin und widmete sich wieder dem Packen.

Irgendwann nach dem Packen schaute er noch nach den Wladiwostoks auf der Terrasse. Also eigentlich trank er Bier und rauchte auf der Terrasse, aber daneben standen halt auch die drei Töpfe mit den Tomatensamen. Marvin schaute ganz genau, ob sich schon irgendwo ein Keimling durch die Erde krampfte, aber da war nichts – noch nicht. Er gab ihnen trotzdem ein bisschen Wasser.

11

Am nächsten Morgen ging es los. Das Mobiltelefon liess er bewusst auf dem Schreib-Esstisch liegen. Marvin packte Rucksäcke, Zelt, Nistkasten und Maite vorne in die Lastenkiste und verschob den Sattel so weit nach oben, wie es die Sattelstange zuliess. Sie kamen nur sehr langsam voran, aber es ging. Zuerst steuerten die beiden einen Laden an. Dass der Proviant mehrheitlich aus Bierdosen bestand, stiess nur der Kassiererin sauer auf. Es dauerte eine Ewigkeit, bis sie am Stadtrand waren und Marvin spürte, wie der Kampf zwischen Hintern und Sattel an Letzteren verloren ging. Maites Begeisterung war ungetrübt, doch Marvin hatte sich das entspannter vorgestellt. Als ihm dann auch noch eine riesige Mücke in den Mund flog, drohte seine Stimmung abzustürzen und er verfluchte die hirnrissige Idee. Maite forderte ihn auf, nicht rumzuheulen wie ein Baby, schliesslich sei er bei diesem Unfall sehr gut weggekommen, er solle sich doch einmal in die Lage der Mücke versetzen. Maite hatte recht, er lebte wenigstens noch.

Sie passierten im Schneckentempo eine alte Eisenbahnbrücke, an deren Pfeilern werdende Künstler oder Schmutzfinken ihre Weisheiten zum Besten gaben. Da stand 'Freiheit bitte' und 'mach doch einfach', aber am besten gefiel Marvin das Statement 'we love the word', das mit weisser Farbe an den Pfeiler gesprayt wurde. Er hoffte für den Urheber, dass der es genauso gemeint hatte und dass ihm nicht nur ein einzelner Buchstabe abhandengekommen war. Das hätte für Marvin den Fokus von 'klein und fein' nach 'hip, aber dümmlich' verschoben. Es ging stetig ein bisschen aufwärts. Zum Glück war Maite ein Fliegengewicht. Trotz weiten Flächen intensiver Landwirtschaft war die Umgebung wunderbar, vor allem die vorhandenen Bäche, Hecken und Wälder. Vor sich sahen sie eine Hügelkette, die weder sonderlich weit weg, noch besonders hoch war. Der höchste Punkt dieser Kette war ihr erklärtes Ziel. Von dort aus hätte eine brütende Meise eine wunderbare Aussicht, wenn sie nach einer anstrengenden Nacht mit vielen aufmüpfigen Küken am Morgen den Nistkasten verliesse, um Futter zu suchen. Am Fusse des Hügels gab es eine kurze Bierpause plus feste Nahrung, danach nahmen sie gestärkt den sanften Anstieg in Angriff.

Der Weg führte durch einen grossen, lichten Laubwald, der sich entlang der Erhebung ausbreitete und die Hügelkette ganz oben wieder völlig freigab. Der Weg war längst nicht mehr befestigt. Der geschotterte, schmale Waldweg war gerade breit genug, dass Marvin mit dem Dreirad darauf fahren konnte. Es war ein steiniger Aufstieg, aber es ging voran. Die holprige Fahrt rüttelte Maite in den Schlaf. Marvin fuhr. Die Umgebung blieb für den Moment monoton, es reihte sich Laubbaum an Laubbaum. Hin und wieder öffnete sich der Wald zu einer kleinen Lichtung, dahinter ging es weiter wie bisher: Laubbaum an Laubbaum. Es fühlte sich an, als würde er an Ort und Stelle kräftig in die Pedale treten; nur die Bäume zögen an ihnen vorüber. Obwohl er die üppige Vegetation genoss, begann er sich nach dem Ende des Waldes und damit nach dem Ende der Fahrt zu sehnen. Wieder eine Lichtung, in deren Mitte ein grosser Birnenbaum stand. Auch ein schönes Plätzchen zum Verweilen. Danach Laubbaum an Laubbaum. Die Ungeduld begann kräftig am Cargobike mitzuziehen; er beschleunigte. Erneut eine Lichtung, wieder mit einem Birnenbaum in der Mitte. Nicht nur die Bäume, auch die Lichtungen glichen sich wie ein Ei dem anderen. Fuhr er im Kreis? Das konnte gar nicht sein, der Weg führte doch stetig bergauf? Marvin kam körperlich langsam an seine Grenzen und flehte innerlich nach dem Erreichen des Ziels. Bei der nächsten Lichtung, die wieder aussah wie die letzte, hatte er die Schnauze voll. Er weckte Maite und fragte: Wer behauptet eigentlich, dass man seine Ziele stur verfolgen muss, wenngleich längst klar ist, dass es sich beim erklärten Ziel um ein Scheissziel handelt? Das behauptet Niemand, obwohl er selber daran scheiterte. Marvin verstand nicht ganz. Würde es dich stören, wenn wir unser Zelt hier aufschlagen und den höchsten Punkt der Hügelkette sausen lassen? Natürlich nicht, gab Maite zurück. Sie stellten ihr Zelt mitten auf die Lichtung, direkt neben den grossen Birnenbaum, der fortan mit einem einzigartigen Nistkasten geschmückt war. Danach suchten sie Feuerholz.

Sie sassen am Feuer, brätelten ihre Würste an selbstgeschnitzten Stecken und tranken Bier. Beim letzten Mal, als er so etwas gemacht hatte, war er noch ein Kind – damals natürlich ohne Bier. Zum Glück haben wir Dosenbier und keine Flaschen, sonst müssten wir den Nistkasten wieder runternehmen, sagte Maite verschmitzt. Auch sie schien den Moment sichtlich zu geniessen. Marvin beobachtete die züngelnden Flammen und hing seinen Gedanken nach, als es neben ihm im Gras plötzlich raschelte. Er sah eine grünbraune Eidechse mit Augenflecken auf dem Rücken, die den Kopf leicht zu ihm drehte und ihn zu mustern schien. Schau Maite, eine neugierige Eidechse, sagte Marvin leise und zeigte behutsam in die Richtung des Reptils. Nimm deinen Finger aus meinem Gesicht, sonst beiss ich hinein, sagte Maite, schaute dabei aber geistesabwesend ins Feuer. Ich halte dir den Finger ganz und gar nicht ins Gesicht, ich will dir nur die Eidechse zeigen. Doch, du minderbegabtes Individuum einer ausstrebenden Art, du hältst mir den Finger ins Gesicht und das provoziert mich ziemlich! gab Maite zurück. Das hörte sich irgendwie nicht nach Maite an, aber es kam aus ihrem Mund. Ich spreche durch sie, du Depp, so schwierig ist das doch nicht. Dein Geist würde das nicht aushalten, aber für sie ist das kein Problem, sie ist da ein bisschen anders. Bei ihr lässt sich lediglich das Sprachzentrum manipulieren, ansonsten aber nichts. Das freiste Individuum der menschlichen Rasse, das ich kenne, erklärte Maites Mund. Marvin war komplett durcheinander. Soviel hatte er doch gar noch nicht getrunken. Er schaute zu Maite, dann zur Eidechse, dann zu Maite und dann wieder zurück zur Eidechse. Marvin zeigte nicht weiter auf die Eidechse und zog seine Hand zurück. Maite bedankte sich dafür. Hast du Bier? kam es aus Maites Mund. Ich verstehe nicht ganz, du hast doch eine volle Bierdose in der Hand? Mann, hast du es immer noch nicht gecheckt? Ich spreche mit dir und nicht das kleine Weibchen deiner Art. Marvin betrachtete die Eidechse und glaubte einen genervten Gesichtsausruck zu erkennen. Der Deckel einer leeren Plastikflasche sollte als Bierkrug für ein zwanzig Zenti-meter grosses Reptil, inklusive Schwanz, ausreichend sein. Maite bedankte sich und forderte Marvin sofort auf nachzuschenken. Und tatsächlich, die Eidechse hatte den Deckel leergetrunken. Marvin schenkte nach und begriff bestürzt. Er solle nicht so hastig trinken, sonst würde ihm der Alkohol zu schnell und zu heftig in den Kopf steigen. Das spiele keine Rolle mehr, antwortete die Eidechse durch Maite. Es ginge sowieso alles vor die Hunde. Weshalb? Wenn du mir erneut nachschenkst, er-zähl ich es dir, versprach die Echse. Noch einen Plastik-deckel voller Bier konnte Marvin gut entbehren. Und dann ging das Gejammer des Reptils los: Es tut mir echt leid! Jetzt, wo wir euch endlich soweit haben, dass ihr unsere Lebensräume zu schützen beginnt und sogar neue Lebensräume für uns schafft, jetzt macht ihr euch selber den Garaus! Wir verfolgten stets die Prämisse, dass ihr euch irgendwann gegenseitig umbringen würdet. Und genau auf diesem Grundsatz haben wir unser Schutzkonzept erbaut. Aber dass ihr euch in corpore vergiftet, sodass kein Individuum mehr zu retten ist, damit haben wir nicht gerechnet. Maite seufzte. Marvin verstand nur Bahnhof und wollte deshalb wissen, wer 'wir' sei, woher sie kämen und was er mit Schutzkonzept meine. Du bist echt nicht der hellste Stern am Firmament, gab das Reptil schnoddrig zurück. Schenk nach, ich sitze auf dem Trockenen. Wer wir sind? Schau mich an, von meiner Sorte gibt's noch mehr, klar! Woher wir kommen? Wir kommen von hier, genauso wie ihr. Woher sollten wir sonst kommen? Aus dem All? Mann, du schaust echt zu viele Science-Fiction-Filme. Und das Schutzkonzept ist relativ simpel. Es basiert auf demselben Prinzip wie eure Zoos. Wir halten einige von euch in geschützten Lebensräumen zurück, indem wir minimal in euren Geist eingreifen. Ausserhalb dieser Lebensräume könnt ihr euch zur Schnecke machen und euch gegenseitig umbringen. Danach erfolgt eine Wiederbesiedlung aus den geschützten Räumen. Aber ihr Deppen vergiftet euch allesamt gleichzeitig! Darauf können wir keinen Einfluss nehmen. Wir können euch leider nur räumlich trennen, mehr Manipulation verkraften eure Geister nicht. Klar, es gibt einige wenige Individuen die mehr vertragen, so wie das kleine Weibchen hier, aber auf solche Individuen hört ihr ja nicht. Und nur mit solchen Individuen lässt sich keine Population gründen.

Schenk nach! In eurer Kohorte gibt es noch ein männliches Exemplar, aber das hat längst aufgegeben – Niemand fand nie Gehör – und nun frönt er nur noch dem Alkohol. Zu Recht, wie sich jetzt zeigen wird, jammerte die Echse und beugte seinen schmalen Kopf über den Plastikdeckel. Marvin glaubte das Tier schlürfen zu hören. Er versuchte seine Gedanken zu sortieren, verstand aber längst noch nicht alles und fragte deshalb, wo sich denn diese geschützten Lebensräume befinden würden. Mann, Mann, Mann, du bist echt eine Pfeife. Weshalb du ein von uns geschütztes Individuum bist, verstehe ich echt nicht – bei deinem IQ. Diese Räume sind auf der ganzen Welt verteilt und haben immer dieselbe Form. Die Form eines Einschlagkraters. Auch deine Stadt liegt im Einschlagkrater eines Meteoriten, aber das wusstest du natürlich nicht, du Vollpfosten. Die Hügelkette, die du heute zu überwinden versucht hast, ist schlicht und einfach der Rand des Einschlagkraters. Du kannst diesen Rand nicht überwinden, sonst würdest du den geschützten Raum verlassen und das lassen wir im Moment nicht zu. Wobei – jetzt spielt es eigentlich keine Rolle mehr. Unsere Zoos funktionieren genauso wenig wie eure. Trotzdem erledige ich meine Arbeit weiterhin gewissenhaft, solange nichts anderes beschlossen ist. Überleg mal, du Genie: Hast du die Stadt in deinem einseitigen Leben schon einmal verlassen? Nein, hast du nicht! Du hast deine Ortsverbundenheit immer mit ökologisch vertretbarem Verhalten begründet. Das waren wir, nicht du, sorry! Und genauso wie du den geschützten Raum nicht verlassen kannst, können andere Individuen im Ernstfall nicht eindringen – natürlich nur im Ernstfall. Die geschützten Individuen dürfen aber nicht raus, das Risiko wäre zu gross, dass sie sich im Ernstfall nicht in den geschützten Lebensräumen befänden. Die Tore stehen im Moment also nur auf einer Seite offen. Schenk nach! Du magst dich fragen, weshalb ich dir das alles erzähle. Na, weil es keine Rolle mehr spielt und ich, bevor ihr allesamt von dannen zieht, unbedingt von eurem Betäubungsgetränk probieren wollte. Das hier ist für mich eine günstige Gelegenheit. Schenk noch einmal nach, danach mache ich mich vom Acker. Die Sonne geht bald unter und die kühle Nacht macht mich immer so handlungsunfähig. Die Echse trank aus, torkelte davon und verabschiedete sich mit den Worten: Ich muss dringend pissen! Während ihrer Jammertirade musste sie ihr Eigengewicht an Bier getrunken haben. Marvin rief ihr noch nach, was er denn tun könne. Du kannst gar nichts tun, du jämmerliche Amöbe! Wir kriegen es nicht gebacken, es ist vorbei.

Ich glaube, meine Wurst ist durch, sagte Maite, nahm sie vom Feuer und probierte vorsichtig. Ob sie denn die Eidechse nicht gesehen habe, wollte Marvin von ihr wissen. Sie habe keine Eidechse gesehen. Er erzählte ihr die ganze Story, so gut er konnte und fragte danach, was sie davon halte. Lange sassen sie schweigend am Feuer. Irgendwann kam ihre Reaktion: Wer von uns arbeitet eigentlich in einer geschützten Werkstatt? Du hast doch eine Vollmeise! Am besten du lässt den Vogel gleich hier beim Nistkasten. Maite lachte herzhaft und war stolz auf ihre Antwort. Marvin lachte mit. Er trank noch ein Bier und noch ein Bier, irgendwann ging es dann. Als es dunkel geworden war, warfen sie das übrige Feuerholz auf einmal ins Feuer und tanzten darum, bis sie erschöpft genug waren, um auf dem Zeltboden ein paar Stunden Schlaf zu finden.

12

Es war sein freier Tag. Er kam gerade vom Einkaufen und sah die Andric bei den Briefkästen. Der Pöstler musste also vorbeigekommen sein. Auch Marvin schaute nach der Post und begrüsste die Andric freundlich. Es kam lediglich ein einzelner Brief. Daniela fragte ihn, wie denn seine neue Arbeit als Betreuer in der Werkstatt so sei. Die sei genau richtig, etwas, das er eigentlich schon immer gekonnt habe. Er habe gehört, dass Freya Reissaus genommen habe und von einem Auto überfahren worden war. Das tue ihm leid. Sie bedankte sich für die Anteilnahme und erklärte, dass es für sie zwar schon sehr hart gewesen sei, nun aber ein neuer Lebensabschnitt ohne Katze für sie bereitstehe. Und darauf freue sie sich. Ob sie zum Nachtessen kommen wolle, er mache für Maite und sich einen Taboulé-Salat und es habe locker genug für drei. Sie komme gerne und würde das Bier mitbringen. Perfekt. Sie hielt die Tageszeitung in den Händen. Schon verrückt, die Geschichte mit den Buben, sagte Daniela, während sie die Eingangstür passierten und verwies auf die Zeitung. Inzwischen habe man herausgefunden, dass auch in Deutschland und Skandinavien ebenfalls nur noch Buben zur Welt kämen. Die Russen hätten noch kein offizielles Statement abgegeben, aber wahrscheinlich werde es in dieselbe Richtung gehen, vermutete Marvin. Scheinbar arbeiteten Genetiker bereits an einer in vitro-Lösung, die dem Klonen sehr nahe sei. Und es werde bei Urvölkern verzweifelt nach gesunden Hodensäcken gesucht, bis jetzt allerdings ohne Erfolg. Man vereinbarte im Treppenhaus den Zeitpunkt fürs Nachtessen und verabschiedete sich.

In seiner Wohnung öffnete er stehend und ohne die Einkaufstasche abzulegen den Brief; ein Zeigefinger diente ihm dabei als Brieföffner. Das Kuvert sah danach aus, als ob eine Kuh darauf herumgekaut hätte. Die Staatsanwaltschaft lud ihn als Zeuge im Fall Esculus vor. Er legte den Brief auf den Schreib-Esstisch, stellte die Einkaufstasche auf den Stuhl und trat auf die Terrasse hinaus. Zwei der drei Tomatentöpfe waren leer und ineinander gestellt. Und die beiden Steine, die zum Abdecken der Abflusslöcher gedacht waren, lagen im oberen Topf. Es waren der Kopf- und der Handstein. Nur im dritten Topf keimten die Pflänzchen und waren schon ordentlich gewachsen. Es war Mitte September. Vielleicht schafften es die Tomatenpflanzen noch zu blühen. Sie werden aber eingehen, bevor sie Früchte tragen.